玩家

PLAYE

夜X

四川文艺出版社

Players:

****

Contents:

****

有一种猜测恶毒地暗示说公司已经消失了几百年，我们生活中的神圣的混乱纯属遗传和传统；另一种猜测认为公司是永恒的，声称它将持续到最后一位上帝消灭世界之前的最后一个夜晚。还有一种猜测说公司无所不能，但干预一些微不足道的小事：鸟鸣、铁锈和灰尘的颜色、破晓时的迷糊等等。再有一种猜测借异端创始人之口说公司以前没有，以后也不会有。还有一种同样恶劣的说法认为肯定或否认那个诡秘的公司的存在无关紧要，因为巴比伦无非是一场无限的赌博。

——豪尔赫 · 路易斯 · 博尔赫斯《巴比伦彩票》

1 一个普通程序员

★ 2015年6月22日星期一

“昨天下午四点左右，一名男子躺卧在淮海路嵩山路的人行横道上，引起交通堵塞和路人围观。该男子穿一身黑色紧身衣，并刷上了白色条纹，外观与地面上的横道线十分接近。几位过路市民想上前扶他起身，但遭到了拒绝。据围观者称，该男子在人行横道上至少躺卧了十分钟，直到巡警闻讯赶来将其带走。在此过程中该男子情绪平稳。目前尚不清楚他的身份及其躺卧在人行道上的原因，不排除行为艺术的可能……”

听到电台播报到这里，陆仁甲忍不住在驾驶席上笑出了声，声音盖过了广播和道路上的杂音，让右边紧挨着他行驶的马自达司机投来了诧异的目光。“马自达”是个黝黑的中年人，却像二十来岁故扮沧桑的年轻人那样留着胡子，大概是为了反其道而行，把真实的沧桑味冲淡一点。每天上午九点三十七分，在内环高架上这段四道并两道的拥堵路段，有七分之一的几率能看见他，仅次于五分之一的福特蒙迪欧和十三分之二的标致 307——可见也是个守时的人。

陆仁甲对他微微点头，扭过头来还是忍不住又笑了两声。平时他的笑都很克制，同事们几乎没见过他用漱口水和半年一次的洗牙保养的门牙，但这次毕竟有所不同。

躺卧在马路中间，可能被人误会成碰瓷，但“穿一身黑色，刷上白色条纹，打扮成斑马”就一下子荒诞了起来，甚至沾上行为艺术的边了。这主意很棒，更棒的是这主意是陆仁甲想的。

拥塞的路段过去了，新闻节目也刚好结束，陆仁甲关上收音机，把一张 CD 插入播放器。喇叭里 Neil Diamond 的钢琴声传出来，他跟着轻轻哼唱。第三首歌放到最后一小节，他正好驶进恒隆广场的地下停车场。

一切如常。

整个 27 层都属于“1080”一家公司，但当电梯门打开，在这一层下去的人却只有陆仁甲一个。因为他比公司半数的同事上班时间要早上一个小时，而另一半则根本不在乎上班时间这回事。

“1080信息技术”成立不过五年，却在互联网安全保障领域坐上了国内的头把交椅。这主要归功于竞争者的三心二意、迟钝短视。他们大部分对吃惯了免费午餐的中国网民愿意花多少钱来保护自己硬盘里那点游戏和A片颇感怀疑，却不像“1080”的老板那样想通了一个简单的道理——开杀毒公司和开医院没什么区别。只要医疗免费，医院永远会排长队，而领药的人才不在乎那些说明了和没说明的副作用，或者包装上印了些什么广告。

常有竞争者指责他们行为不当，其中有些证据并非捏造，但好在等用户明白过来后，基本上已经别无选择。再说，谁又比谁干净得到哪儿去呢？没了连环杀人犯，谁还需要福尔摩斯？不开发病毒，杀毒公司怎么活？这层逻辑和世界上大部分真理一样没人挂在嘴上，但大家都心照不宣。公司的高速发展未必让投资人赚到了大钱，但至少让陆仁甲及其同事们跻身高收入人群。所以他才能买得起那辆雷克萨斯ES，在每次涨油价的时候只转两条微博发发牢骚，不带脏字。

陆仁甲肤色够白，所以穿浅灰色西装；个子中等但双腿够长，所以穿黑色皮鞋；头发浓密但不够硬，所以没留板寸；有近视但度数不深，所以偶尔戴隐形眼镜；他的衬衣规规矩矩没有花纹，但也不用袖扣；他穿了袜子，还是深色的；领带倒是没打……一句话，他的外形和电影里的硅谷怪杰们截然不同，掉进人海里，会比跳水运动员溅起更少水花。

但公司里的其他人就未必如此了。在那间物业声称有三百平方米的办公大厅里，座位与座位之间只有一米二高的铝合金板隔开，除了爬到桌子底下睡觉的人，每个人的穿着都一目了然，彼此间的差异好像身处不同季节。“监控部”“服务部”“营销部”……这些标牌其实换作“春”“夏”“秋”“冬”也无不妥——“程序猿”总是尽可能地穿着T恤衫，露出毛茸茸却没什么肌肉的上臂；销售则总是担心别人看不出自己其实换了一件比昨天浅一点的西装；至于穿一件长袖衬衫的人，则可以根据他们是一脸思考人生还是一脸欲求不满，来判断他们是永远活在秋天的行政部，还是春天的公关部。

墙与墙之间每一排都摆了五张桌子，五张、十张或者十五张桌子组成了一个部门。部门与部门之间的关系只有两种：背靠背或者面对面。据说这种开放式的工作环境更有效率，其实只不过是让人不敢明目张胆玩游戏罢了。在这样一家公司，这一点还真的很重要。三分之二的桌子上都摆了变形金刚或会让一般女生误会是变形金刚的东西，另外三分之一的桌子后面，坐着那些分得清变形金刚和高达的女生。

走过前台转第一道弯的时候，陆仁甲被这些女生中的一个拦住了。王珍妮比陆仁甲大一岁，高鼻梁大眼睛，中长直发染成深棕色，骨架小胸不小，平心而论并不难看，但对扮嫩卖萌的过分热衷，对健康知识的大惊小怪和对LV、Chanel、湖南卫视新剧的过于精通，让有头脑的男人都对她敬而远之。陆仁甲不仅是有头脑的男人，还是爱观察和记性好的男人，所以记得每天的这个时间点，按理是她第一次补妆的时间，现在这是……

“Reggie啊，我QQ突然登不上了，帮我看看啊！”类似的话语在陆仁甲刚进公司时也听到过，那时他花了一个星期才发现这只是一种搭讪手法。而今时今日，王珍妮早已在营销部找到了如意郎君，也早已知道陆仁甲不吃这套，所以这应该是货真价实的求助。

陆仁甲一语不发地夺过王珍妮的鼠标和键盘，十五秒后就得出结论："你被人盗号了，硬盘上大概也不干净。一会儿连上线，我先帮你取回号码，再帮你查一查。"也不等王珍妮说完谢谢，陆仁甲继续向自己的座位走去，深怕又被这一堆女人中的哪个叫住。

"Reggie，你昨天怎么没把样本集发给我啊？"在离自己的座位两米以外，他又被同部门的徐杰拦住了。徐杰比陆仁甲还小一岁，进公司却早了三年。长得有点像《模拟人生》版的基努·里维斯，而脸上的表情说明他认为自己活像现实版的。人挺聪明，名校毕业，可至今仍和陆仁甲平级，足见他的人生观很坚定——男人一生都是劳碌命，若不把青春痘褪尽、老人斑未起的几年黄金时光奉献给及时行乐，未免太过愚蠢。

"你那么早走，我都不知道怎么跟你衔接，干脆帮你一起做完了，早上已经发给Andy了。"

"吓死我了！"徐杰说这句话的时候擦了擦额头上不存在的汗，但脸上并不是害怕的表情，"Andy通知十点半开会，我还以为你弄砸了呢……"他压低了声音，"你没告诉他是你替我做的吧？"

"当然没有。"

"够意思！"徐杰轻轻捶了捶陆仁甲的肩，露出招牌式微笑。徐杰正是靠着这副迷人笑容才能在城里的半数酒吧混得不错，也是靠着这笑容，在平均每两个月要出一次大纰漏的情况下仍在"1080"好端端待着——考虑到他们的顶头上司一直是Andy，这可是个了不起的成就。

Andy如果生下来就是美国人，很有可能凭口才竞选个州长当；若是在加州之类地区，光凭那身肌肉也大有希望。看到他戴着金丝边眼镜，梳成背头的发型一丝不乱，胸肌把衬衣顶得高高的，语速飞快口若悬河地出现在互联网峰会的电视转播上，“1080”的男员工们内心大多充满了羡慕嫉妒恨，全然忽略了他其实也算为IT男们洗刷了“屌丝”的名声，还吸引了不少“女屌丝”来给他们垫背的功绩。

而在“1080”的会议室里，他的语速至少又快了三分之一，而笑容少了十分之九。

“Stan，你的部门上周提交的验收通过率下降了10%，是什么原因？”

事不关己的陆仁甲连眉毛也没抬，继续聚精会神在自己的笔记本上。而被点到名的Stan有点猝不及防：“呃，给‘黑盒子’做测试的人手本来就不够，Amanda又怀孕了……”

“Amanda怀孕并不是上周才知道的事，我问过你能不能在她请假的情况下完成工作，你说过没问题。”

“是的，可是我没想到……”

“不要向我解释突发事件的影响，我现在可以不追究责任，但我希望能避免类似的情况再次发生。”Andy停顿的时候比他开口说话时更为严厉，Stan闭了嘴。“明天上班以前，你能想到办法吗？”

“能。”

“很好。接下来，Luis，你向大家解释一下‘黑盒子’的开发进度……”

那些第一次被Andy痛骂的新员工可能会双腿战栗，这与Andy是老板关系不大，倒更像是文弱少年面对不但凶暴，还连智力都比自己优越许多，又得老师宠信的中学恶霸。不过Andy骂人自有道理，从来都会让被骂者心服口服，深悔自己得意忘形，辜负了一时侥幸才得来的信任，竟会不再竭尽全力把精英面目假扮到底。

“大家的时间都很宝贵，我替你说吧。”Andy在第三分钟的时候打断了Luis，已算耐心难得。

这个时候，陆仁甲已经把王珍妮被盗的账号拿了回来，清除木马的工作也通过远程控制王珍妮的电脑按部就班地做着，剩下的是考虑要不要顺藤摸瓜给盗号的家伙一点教训。

这个决定如果让王珍妮本人来做，她肯定迫不及待地点头“要啊要啊”。对行政部女白领平淡如水的人生来说，揪出一个窥视过自己电脑里的内容（没准包含私人原因）的黑客也算是浓油赤酱的一段情节了，但事实上这很可能只是一个高中生的恶作剧，虽然他的水平足以入侵一家网络公司的安全系统。

陆仁甲想了想，觉得自己早已不复从事自由职业时的好奇心，还是就此算了吧。谁知Andy在此时注意到了他。

“Reggie，对‘黑盒子’这阶段的测试你有什么看法？”

陆仁甲抬起头来，能感觉到周围空气里有几缕小小的幸灾乐祸在盘旋。和小学课堂像极了，笨蛋们就算一直瞪大眼睛看着黑板也想不出答案，于是希望那个一直开小差的孩子也被点到名，但结果总让他们失望。陆仁甲花了半秒钟重温了一下这个认识，然后从容开口："我有点担心对用户信息的收集量。"

"技术上有难度吗？" Luis插嘴问。

"技术上没问题，现有网速和流量就足以支撑，以后更不用说。我担心的不是技术问题，而是用户体验。近年来用户对个人隐私的敏感度有下降的趋势，但这种麻木并不是无底线的。尤其是我们可能无法在海外市场得到授权，这恐怕会对国内市场产生不利影响。"

幸灾乐祸的眼神和私语消失了，陆仁甲回答了问题，还捞过了界，成功转移重点。不用谢，伙计们，我习惯了。二十年前就习惯了。所有听腻了老师为你们拖慢进度的课程的人都会这么做的。

"Reggie提的这点很好，如何降低潜在的信息收集风险，Marketing和PR请把它列入你们部门的讨论议题。"三五个人低头做起了记录，其中一个还朝陆仁甲投来不满的一眼。但陆仁甲才不管这个，他已低头给自己远程控制的王珍妮电脑上打去了两个字："完工"。

电脑上的时间跳到了17：59，比北京时间要慢两秒，陆仁甲对这点误差不太介意，他收拾东西的动作经过长年锤炼，效率很高，完全可以在二十五秒内走到电梯前，加上这座大楼垂直交通的平均等待时间，大有希望在18：03以前到达车库。

"Hi，今天不加班吗？"这个时候只有徐杰可能插过来说话，只有卡下班时间这一点，他做得几乎和陆仁甲一样好，而且每天如此，从不失常，"一起去阿曼尼3？"

刚进公司时，陆仁甲曾费了一个星期去确认徐杰嘴里的那些名字都是酒吧名。而在婉言谢绝了七八次之后，这种邀约于他已经久违了。今天再次听到，显然和昨天他帮了徐杰有关。

“不了，你们去吧。”不用回头陆仁甲就知道设计部的两个年轻人——纪晓江和司楠一定会和徐杰一起。陆仁甲对他们和对徐杰一样并不反感，相反还挺欣赏他们的才智，只是对在呆看了一天电脑之后把自己扔到活色生香的肉体丛中这种补偿心理太过明显的行为没啥兴趣。

“一起去吧，人不风流枉少年，过两年你再想加入我们就晚了。”电梯门打开之前，徐杰赶紧做最后的劝说。陆仁甲摇头笑笑：“不了，我真有事儿。”

“OK，OK，”在一电梯的职业装男女面前，徐杰没有软磨硬泡，只是悻悻地放过陆仁甲，“你这样下去是真得有事儿。”

陆仁甲独自住在一套一室一厅，七十平方米的公寓里，相比大多数来这座城市工作的异地青年已算是条件优越，每月缴105块物业费，27到30块水费，220到240块电费，车位是买的，也没雇保洁阿姨。楼高12层，陆仁甲住在8层，上班出门坐电梯，下班回家走楼梯，以稍稍弥补运动不足之憾。偶尔在楼道里遇上3楼读五年级的胖女孩，或11楼刚退休的警察老伯，他都会点头为礼。

打开公寓门，陆仁甲把外套和包往墙上的象鼻挂钩一挂，就径直走向开放式厨房，用两分钟洗手，从水龙头里接下一杯饮用水，然后给锅里倒上一锅，拧开燃气灶，再把杯子里的水分三次喝完。

冰箱是300升的博世，对独居的人来说偏大了，但陆仁甲看重的是可以减少跑超市的次数。《重庆森林》里说人可以光吃凤梨罐头，大学没毕业陆仁甲就证实过了，是假的。所以他有金枪鱼罐头、鲮鱼罐头、黄桃罐头、糖水西梅罐头，乃至回锅肉罐头，还有凤梨罐头。但意大利面他只有一种，Lefuna的螺丝面，不过有六种颜色，每包五百克，够吃两顿。

今天是星期一，陆仁甲取出了一个鲮鱼罐头和半包用夹子封口的螺丝面，把鲮鱼倒进盘子塞进了微波炉里，摁下五十五秒，转身走到五米开外、微波炉辐射不到的卧室里脱掉衬衫，换上T恤。

提示音响起，同一时间水也开了，煮面的八分钟正好够让鲮鱼晾凉到可口的温度，也够时间让陆仁甲打开工作台上的电脑，连上线扫一眼在办公室里上不了的Facebook。

饭菜终于就绪时，屏幕上的钟到了18：55，陆仁甲右手握叉，左手在浏览器地址栏里打下了五个“w”。

他输入的网址是www.wwwww.org。这串地址是陆仁甲在某个页面广告上偶然看到的，是哪个网站他已经忘了，但没想到点进去后很快就变得无法自拔了。

页面开始动起来，首先跳出的是一个大大的“WHEN”（何时），伴随着从沙漏、日晷到大本钟的各种计时器的图片。

接踵而来的是一个字体不同的“WHERE”（何地），金字塔、麦当劳、大堡礁和看不出哪里的一个厕所是这几帧的主角。

然后是率领着麦当娜、切·格瓦拉、蝙蝠侠和爱因斯坦的“WHO”（谁），以及由十来本《大英百科全书》叠出来的“WHAT”（什么）。

最后登场的是“HOW”（怎样），背景是一堆快切得如同《生活大爆炸》片头画面的图片，陆仁甲能明确认出来的只有一帧《小白兔自杀手册》里的漫画和一张瑞士军刀的说明书。

这段欢迎动画陆仁甲已经看过多次，反正他对此也并不反感，还觉得那首背景歌很有趣，一搜之下得知，它叫作 *Who, What, Where, When, How, Why*，在 iTunes 上卖 0.99 美元，在中国，当然有免费下载。于是陆仁甲现在的手机铃声便是这首乡村音乐。

动画过后跳出一个登陆界面，有“初次光临”和“欢迎回来”的选项，如果点下“初次光临”，会看到如下介绍：

什么是 5W 游戏?

1.5W 指 WHEN、WHERE、WHO、WHAT、HOW 五个关键词。当五个关键词都确定下来，即可描述一个事件。（例如，1941 年 12 月 7 日清晨，在珍珠港，日本海军用飞机偷袭了美国太平洋舰队。）

2. 参加游戏的玩家，由网站系统配对，五人组成一个团队开始游戏（每名玩家每次只能参加一个团队），每周在固定的时间进行一轮游戏。请选择您有空的时间，以便系统为您组队。（两个下拉式的菜单，一个选择星期：从星期天、星期一，一直到星期六；另一个为时间选项：从“00:01-01:00”“01:01-02:00”一直到“23:01-00:00”的二十四个小时，只可单选。）

3. 在每轮游戏开始时，由系统抽签，随机分派给五名玩家上述“5W”中的一个关键词。抽签结果保密，没有玩家会知道其他玩家抽到了什么。

4. 抽到1号关键词“WHEN”的玩家，给出一个任意的时间（例如“明天上午八点”），作为事件发生的时间。

5. 抽到2号关键词“WHERE”的玩家，将看到之前被决定的1号关键词“WHEN”的内容，然后再给出一个任意的地点（例如“人民广场”），作为事件发生的地点。

6. 抽到3号关键词“WHO”的玩家，将看到之前被决定的1号关键词“WHEN”和2号关键词“WHERE”的内容，然后给出一个人物（团队中的某位玩家所使用的ID，例如“小明”），作为事件的执行人。

7. 抽到4号关键词“WHAT”的玩家，将看到之前被决定的1号关键词“WHEN”、2号关键词“WHERE”和3号关键词“WHO”的内容，然后给出一个事件（例如“吃五个汉堡”），决定执行人将做什么。

8. 抽到5号关键词“HOW”的玩家，将看到之前被决定的所有四个关键词的内容，然后给出一个描述（例如“倒立着”），决定执行人将怎样执行事件。

9. 当所有关键词都被决定以后，被指定为执行人的玩家，将得到系统的私下通知，了解整个事件的内容，并尽量完成。执行人可以，但也可不向其他玩家透露自己的执行人身份。

10. 在下一轮游戏开始前，系统将公布上一轮游戏的事件内容。执行人可以介绍自己的执行情况，每位玩家将评估执行人的表现，对他进行打分。

11. 为了游戏的乐趣，我们不鼓励玩家彼此透露自己在现实中的身份。除了每周的游戏时间之外，系统不提供玩家间彼此交流的平台和途径。

12. 玩家在每个关键词上的选择是完全自由的，但为了游戏的顺利进行，我们建议玩家尽量避免给出难以实现的内容（例如已经过去的时间、外太空的地点等）。

13. 游戏并不强制要求执行人执行事件，但为了游戏的乐趣，建议执行人尽量忠实地执行事件。执行以后，执行人可以，但也可不向其他玩家提交自己执行了事件的证据。

14. 请遵守游戏规则，体现游戏精神。

15. 只要你愿意，这个游戏可以一直玩下去。

陆仁甲在昵称一栏里输入“白子”，然后打上了一串长达十五位的包含大小写字母、数字和符号的密码——有关网络安全的事他一向小心。

登陆成功以后，是一个个人页面，头像旁边，昵称下面有一行字：

您所加入的游戏：No.XLKSEM57318469　状态：游戏进行中

点击了那串相当于房间号的字符串，陆仁甲进入游戏，发现这次自己是最后一名。“掌声雷动”“阿丙”“SM”和“夏洛克”都已经到了。

18：56：40　SM：HI~

18：56：42　夏洛克：人到齐了！

18：56：50　掌声雷动：好像每次都是你最晚，昨晚啪啪啪了吗？

18：56：51　阿丙：^o)

这正是陆仁甲想要的，最后一个到达，每个人都对自己的到来有所反应。

陆仁甲刚刚打下“各位好”，时间就到了18：57，屏幕上弹出了几行字——

上期揭秘

When：星期天下午

Where：淮海路嵩山路

Who：阿丙

What：躺在人行横道上至少十分钟

How：穿一身黑色，刷上白色条纹

这正是他们上一期的游戏结果。跟所有宅男一样，陆仁甲玩游戏，但他只喜欢自由度高的游戏，那些升级打怪、只考校简单重复劳动，还把手指的机械反应当作技巧的游戏他敬谢不敏。现在能让他人迷地每周都玩的游戏，只有这一个：5W。

当字幕跳出以后，除了阿丙以外的四个人立刻用同样的表情刷了屏：

18：57：09　SM：：D

18：57：10　夏洛克：：D

18：57：11　掌声雷动：：D

18：57：11　白子：：D

而阿丙的表情是一个咬牙切齿的“8o|”。

这五人就是陆仁甲参加的5W游戏组成员了。既然游戏本身完全建立在彼此信任的基础上，为了保持乐趣，他们确实很自觉地避免了私下联系，所以也几乎都不会去现场监督事件的执行——其实想监督也几乎做不到，因为在下一期游戏开始之前，每个人都只能看到排序在自己之前的人决定了什么，事件的全景实际上只有两个人会知道，一是执行人，二是按照顺序排在最后，抽到How的人。

如规则所说，在今天的游戏开始前三分钟，系统会将上一期的内容公布出来。执行人会说说自己履行游戏内容的情况。

而这一次，从各人的反应来看，他们显然都对社会新闻很关心——指定“时间”的人当然会关心“星期天下午”，指定“地点”的人会关心“星期天下午，在淮海路嵩山路”，正如指定“怎么干”的陆仁甲会关心任何星期天下午，在淮海路嵩山路路口穿成斑马躺在斑马线上的男人。这一次，阿丙看来不用费任何口舌来说服别人了，所有人都相信他干得不错。

18：57：15　SM：哈哈，新闻里报的就是你啊？

18：57：22　掌声雷动：新闻里有？

18：57：27　夏洛克：有啊，广播里报了。

18：57：32　SM：真是高难度。

18：57：50　阿丙：写WHAT的人是想让我死啊？！写HOW的人更过分了，“穿一身黑色，刷上白色条纹”，亏他想得出来啊！还嫌淮海路上硬盘车不够瞎啊，非要我被轧成残废是伐？

18：58：07　夏洛克：哈哈，斑马迷彩服的主意很棒啊！是谁提的？

18：58：12　阿丙：是谁提的？！

陆仁甲微笑了，没有人会回答他。游戏规则是互相不透露自己抽到了什么，而他们也很明白，这正是这个游戏的魅力所在，可以让人拉下面子，互相捉弄。

他们之前已经成功计划出了不少怪事，比如SM曾在一大早，头套丝袜去陆家嘴的汇丰银行存钱，白子（陆仁甲）也被迫干过带死蟑螂到KFC栽赃索赔的糗事，但闹上社会新闻，还是头一次。虽然报道的只是电台而非电视台，但也足以鼓舞他们的游戏热情，让他们相信也许所有人都有运动家精神，都曾忠实地执行了指示（至少阿丙连这种事都干了）。

这一点让陆仁甲感觉良好，像是跟一群脚法不错的伙伴踢五人制足球，所以他在“请给执行人的游戏表现打分”的选项框上毫不犹豫地选择了最高的一级：5。

其他人打的分数应该也不低吧。这些分数的作用是提升经验值，至于经验值有什么用，就只有天晓得了，反正它一点也不能让你提升体力或者智力，也不能让你扮成斑马的时候更帅一点。甚至都不会公开给其他玩家，让你做一个纯粹数字式的炫耀。陆仁甲现在的经验值是42，都不知道自己算是多菜的菜鸟。

19：00一到，下一轮游戏已经开始。

第一步是决定权抽签。标着1到5的数字，分别为白、蓝、黑、红、绿的五个圆球，在屏幕中间旋转几圈之后变成了一模一样的灰色，然后飞到了呈五角星站位的每个人面前。

陆仁甲看到了自己名下的结果：编号为4的红色球，对应的单词是What。

这代表了他将指定这个游戏里最关键的部分：干什么。而且是在看过When、Where和Who的确定信息以后。很好。陆仁甲低头吃面，等待前三项的决定结果。

抽到When的人往往被视为最倒霉的，因为时间的选择是有限的，不可能有太有创意的决定，而且根据他们五人的默契，这个时间还被限制在下一次游戏开始之前（否则就会在无从验证之前结果的情况下开始下一轮），也就是下个星期一以前。但描述时间的方式倒是自由的，你如果抽到了When，既可以写上某日几点几分，也可以写上“从现在开始数起第三次大便的时候”。总的来说，如果有后几项决定人的配合，When有时也能收到奇效。比如，SM曾被指定在和老婆上床时穿一件亮黄色的橡胶衣念一段《沉默的羔羊》里的台词，当然，具体情形已无从验证。

而抽到Where的人可选择的面就要大一些，对地点的描述同样也可以既包括精确的“上海美术馆门口右手边第三棵行道树下”，也可以是模糊的，比如“你最常去的一家餐厅”。此外选择Where的人因为已经看到了When的结果，稍动脑筋就能布置出不错的事件舞台，例如“上午八点刚停过徐家汇站的一号线地铁车厢里”。

抽到Who的人选择虽少，但也有大权，至少能决定谁来出丑，勇敢的甚至可以指定自己为执行人。

还剩最后一叉子鲮鱼的时候，陆仁甲等来了结果。

您之前的玩家已经决定了

When：下个星期天下午

Where：锦江乐园

Who：白子

请您决定

What：

陆仁甲把叉子送进嘴里，一边细嚼慢咽一边思索。

白子正是陆仁甲的ID。上一次被选为执行人，好像都已经是两个月前的事情了。这次决定Who的是谁？一贯喜欢抬杠的SM吗？还是刚刚被整惨了的阿丙？时间和地点倒都很简单。周日下午？没问题，陆仁甲信基督却没有去教堂的习惯。锦江乐园？从小时候算起，他已经有十多年没有去过了吧。

自己是事件人物，自己决定干什么，这种事以前发生过吗？能玩出什么来？

游乐场很容易让人联想到危险和滑稽，但我既不想干什么危险的事，也不想当众出丑。这样如何？

陆仁甲把叉子含在嘴里，在键盘上打下了几个字：

发一笔横财。

拿下叉子看了一眼，陆仁甲笑了。对不起啦伙计们，我可不是受虐狂，不会自己决定把自己整惨。

敲下回车，陆仁甲把已知的信息传递给了最后一个抽到 How，也就是将决定他会“怎么发一笔横财”的人。随后离开屏幕，起身去洗盘子。当他回来时，就能知道 How 就“发横财”这件不可预知的事设计出什么方法来。当然，“怎么”有很多种理解，How 也完全可以填上“穿一件熊猫图案的幸运内裤”之类的无聊内容，这可以被看作想象力贫乏，示弱认输。

陆仁甲想到这里，把盘子塞进了洗碗机，摁下开关。

几乎在同一刹那，房间里的灯灭了。

“靠！又来！”偏偏这时候……早知道应该用笔记本，而不是台式机的。

抱着赶紧给电脑恢复供电的念头，陆仁甲摸黑到柜子里摸手电筒，想检查一下保险丝。然后他突然想起拉开窗帘，看看窗外，随即发现整个小区已经漆黑一片。原来不是洗碗机的错，而是两条街外修隧道的工程队又挖坏了什么，或是国家电网这群人觉得自己的修理工光拿钱不干活太舒服了。这下不知得猴年马月才有电了。

重新来电并不是在猴年马月，而是才过了不到十五分钟。但灯光重新亮起，陆仁甲已知希望渺茫。

他的开机时间能打败全国99%的电脑，而这次再登陆上www.wwwwww.org，他略过了开场动画，输入登录名和密码的时间总共不到五秒，但不出所料的是，所有人都走了，房间里只留下了一条提示：

你这周的游戏时间已过，下周再见。

而系统最后会给到执行人的那条事件总结已经不可能看到了。

算了。除了How之外他已经得知了一切应该知道的信息。而那个How很可能毫无意义。谁能提前知道怎么才能让一个人发横财？横财就是要来得意外才叫横财嘛。瞎写一个“中了彩票”，我也肯定没法实现。这轮游戏算黄了。陆仁甲前后总共只想了五秒钟，就打开了IMDb网站，决定继续补看Top250里面没看过的那些影片。

今天，轮到了《偷拐抢骗》。

2 星期天的游乐场

⋆ 2015年6月23日星期二

周二的"1080"一如既往地紧张繁忙，只有少部分像陆仁甲这样的人乐在其中。大多数人在QQ、微信、Gtalk和Skype等聊天软件上跟熟人抱怨自己忙得像狗，嫉妒别人为啥可以刷微博。

"Reggie，这是Jessica。销售部新来的。"午休时突然跑到陆仁甲面前的王珍妮拉着一个陌生女子，听语气就不像是仅仅介绍新同事那么简单。

“哦，你好。”陆仁甲站起身来，目光还在显示器上停留了三秒，才移过来看了一眼面前的人。Jessica比王珍妮高了五公分左右，也就是说和陆仁甲的眉毛差不多高，头发稍稍染成褐色，但颜色很自然。虽只浅笑了一下，但已经看得到一侧脸颊的酒窝，是那种一般IT男很熟悉也很容易喜欢的类型，这一点从周围人的表情上就可以验证。

“这是Reggie，我们这里最牛的黑客。”

“没有没有，洗白了已经。”陆仁甲严格根据社交礼仪，等待女方先伸出手来才上前握住。

“Jessica想熟悉一下我们新近的产品，我想最适合介绍的就是你了。一起吃个饭？”

“哦，我刚叫了外卖。”陆仁甲不习惯说谎，尤其是徐杰正在隔壁桌上，拎着电话话筒望着他——他确实要了一份脆皮鸡腿饭，但只是跟徐杰说过，而且号码还没有拨出去呢。

王珍妮看了一眼徐杰，立刻察觉到了问题所在，她还没来得及想好如何发作，Jessica已经先开口了：“哦，那真不巧。下回吧。”

“好。”陆仁甲努力敷衍了个微笑出来，还没等王珍妮和Jessica转身，就立刻坐下又在键盘上敲打起来。他发现徐杰盯着他看，开口问：“怎么了？”

“是你怎么了。”徐杰过来伸手转动他的脑袋，让他看到远去的Jessica的黑丝美腿，“脆皮鸡腿比天鹅腿好吃？”

陆仁甲不为所动，转回了脑袋：“不要放青椒，谢谢。”

幸好王珍妮已经走远了，没有听到这句话，否则她就不会继续对 Jessica 说："他是有点害羞啦，不过人真的很不错啊……"

"Reggie，到我这儿来一下。" Andy 的步速比他所有的部下都快，所以出现时会让人觉得突然。不过应该说他是这样一种人，就算某天得坐轮椅，也会给人突然袭击的感觉。

叫完外卖的徐杰放下话筒，冲陆仁甲做了个"自求多福"的表情。陆仁甲倒不担心，坦荡荡地进了 Andy 的办公室。

Andy 证明了一个以身作则的老板才是最为苛刻的，他相信一个人工作时的每分每秒都可以毫无保留地展示人前。他的办公室完全是由玻璃隔出来的，一面靠墙，三面朝外，能看到整层办公室的情况，当然，也就意味着能被整层办公室看到。若有人被 Andy 叫进去，这个小玻璃盒子就会从史前猛兽展览柜，变成屠宰场真人秀的舞台。

不过陆仁甲毫不在乎，这里他进来的次数不多，没有一次不让玻璃外面那群等着看好戏的人失望。

Andy 的办公桌堆得很杂乱，唯一一件有个人色彩的东西——家人相框被挡在一堆文件夹后面，从他的真皮座椅上想必已看不见了。靠墙的书橱顶上摆着一尊高尔夫球形的奖杯，底座上刻着"Hole in one. May 15th, 2009"，证明了这个男人也有业余爱好（虽然是最符合商务人士传统的，但总算是个爱好），而且水平不错。但陆仁甲知道他真正的爱好得到书橱第二层靠右的角落去发现——那里摆着三个鲁比克魔方，一个三阶，一个五阶，一个七阶。十七秒。陆仁甲记得 Andy 说过他三阶魔方的纪录，也记得自己很适时地加入了大家的赞叹，把“我的纪录是十五秒”这句话咽下了没说。

Andy拉下了百叶帘，这让别人略感轻松的举动反而让陆仁甲开始有点紧张了，因为它说明Andy要说的话题可能不太寻常。

“坐。”

陆仁甲依言坐下。Andy自己却斜靠在办公桌上，似在斟酌如何开口。“Reggie，你最近干得相当不错。”

“谢谢。”陆仁甲不知道此时用什么表情算是恰当，索性淡然面对，“我倒觉得和以前差不多。”

Andy笑了笑：“对，你一直以来都干得很好。”

“你要炒我鱿鱼？”“1080”是陆仁甲的第一份工作，他对于人事变动没什么经验，但在不少电影里看到过，老板想请你滚蛋之前都会说两句类似的客套话。

Andy笑出了声：“我没想到你还这么有幽默感。”

好吧，看来他不想炒我。陆仁甲不怕炒鱿鱼，以他的技术，不难再找到一家像“1080”这样规模的公司，待遇可能还会上升。但找新工作的搜寻、决策和交涉成本是他不喜欢的，在他看来这完全是对人生的浪费。

“说吧，想要什么奖励？”Andy又恢复了单刀直入的风范。

陆仁甲想了一下，如果Andy想给他新的职位，应该会主动提出，而不会这样问他；加薪的话，他甚至说都不会说，而只会发一封内部邮件了事。

“可以的话，下午茶里能不能加上凤梨酥？”

“什么？”Andy侧过头来看他。

陆仁甲确信他并不需要自己重复一遍，没吭声。

Andy用指头敲了敲桌子，返身在座位上坐下。

“好吧，我会安排行政去买的。”

这一刻，如果不是一个像陆仁甲这么认真的人，很可能会笑出声来。Andy当然知道这一点。所以当他发现陆仁甲没有笑的时候，他前倾着身子，压低了声音说：“兄弟，你真的是个怪咖。”

兄弟？好吧，他是海归，那个词应该是“guy”，其实翻成“伙计”更好，对应于“老板”，“伙计”这个词还真准确。陆仁甲低头想了想：“大概吧。”

“我在UCLA的时候见过不少Geek比你还怪，但那是在加州，这里是中国。”Andy点起一支烟，边抽边说，“一个人跟老板说话，不要升职不要加薪，要凤梨酥……”

潜台词是：这样的人在美国是懂生活，在加州也许还是个好演员，但在这儿，就是心理不正常。

“你本来打算给我升职？”

Andy掐灭了烟：“不。现在更不打算了。”

“所以我要凤梨酥是对的。”陆仁甲调整了一下坐姿让自己更舒服。

“你不想知道为什么吗？”Andy又俯过身来。不管你身高多少，他总有办法让你觉得在被俯视。陆仁甲知道自己此时最好问一声“为什么”，但也知道不问Andy也会继续说下去的。所以他决定不问。“因为你没有七情六欲，Reggie。你不懂女孩们为什么要买LV的包、Chanel的香水还有……”

“Prada的鞋。”他接得很快，其实这是他仅知的几个牌子了。

“你也不懂为什么男孩们想跟女孩约会。”

“这个我倒还真懂。”陆仁甲举起右手，Andy饶有兴趣地看着他，显然想听听他是怎么个懂法，但陆仁甲没有解释，而是转了话题，“我只是不懂他们为什么想跟这样的女孩约会。”

“这就是你的问题所在。”Andy用食指点点桌上的便签本，“你不理解别人的欲望，所以没法让他们为你卖命。”

陆仁甲想了想：“你说得有道理。虽然我不觉得那就是他们自己的欲望。但反正我不想让谁为我卖命。我还是要凤梨酥吧。”

换了别人，Andy可能会觉得这是种挑衅。但对陆仁甲，他只是带着同情的眼光摊开交叉的手，示意他可以走了。

“Reggie，”陆仁甲走到门口的时候，Andy叫住了他，“去找个女朋友吧。”

“嗯，我会考虑的。”

忍清是一家怀石料理餐厅，厅堂千回百转，有些座位没有服务员领路你休想找到。菜品价格不菲，因为据说所有食材都来自日本。陆仁甲不理解自从福岛核电站泄漏以后，这还算是什么卖点。

不过等到第一筷海胆入口，陆仁甲就把这个槽点忘了。食材的千危万险，也扛不住确实好吃。

所以当下一盘炸虾天妇罗端上来时，他几乎立刻塞进嘴里，随后才想起要给它拍照。

“你什么时候也开始让手机先吃啦？”坐在他对面的女生叫周致

淑，正是Andy建议他寻找的女朋友。两人相识到现在有半年，在一起两个月，一起吃过的饭有二十来顿，之前每一顿只有一个人会给食物拍照——当然不是陆仁甲。

“不是，公司规定要记录菜单。”

“记录菜单干吗？”

“为了系统测试嘛，每个人都要提交生活数据。每天吃了啥，买了啥，去了哪儿。”

“就是你们做的那个黑盒子系统？”

“对，‘黑盒子’。”陆仁甲答得勉勉强强，毕竟他对这个名字很不满，但没办法，这是Andy的主意。

“它到底能预测什么啊？”

“消费行为，就是你会怎么花钱。”

“还能怎么花？挣多少花多少呗。”

“不是，是把钱花在哪儿。比方说一条裙子，白的黑的红的三种颜色，预测你会买哪一条。”

“怎么预测？”

这问题已经涉及商业机密了，可问的人是女朋友。机密如果不涉及感情，你还要保守，就太不明智了。

陆仁甲喝了一口西柚汁：“大概就是分析你之前的购买记录，你穿衣的场合，你买过的其他衣服怎么搭配最适合，等等等等……”

“这就能猜得准？”

“单单猜你一个人可能不准，但要是猜一千个你，就能猜出来。四百个会买白的，三百五十个会买黑的，二百五会买红的。”

周致淑低头瞅到自己被毛巾蹭湿一半的红色袖子，骂了一句：“你才二百五呢！”

反应真快。陆仁甲想，就喜欢她这一点。

像所有沉迷工作的IT男一样，在剩下的上菜时间里，陆仁甲幻想着女友提出一系列更多的问题，让自己得以继续解释“黑盒子”的妙用。

“其实很多这类预测已经投入使用了。你上网，网页旁边打开的广告，每个人看到的都是不一样的，这些广告都是从你以前打开过什么网页、逗留过多长时间之类的信息中推测出你可能会对什么感兴趣。”

“这我知道，大数据嘛。那你们做的软件有啥不一样啊？”

“不一样的多了，最主要就是范围广。我们不光预测你会从哪家代购买化妆品，还有你会不会买健身卡，在哪里吃饭，都可以预测。”

“在哪儿吃饭也能预测？”

“当然能。”

“那我今天选来这家怎么预测？”

“今天是我们平时约会的日子，差不多每个星期二晚上我们都会约会。下班以后我们两个赶过去时间差不多的商圈总共就两个：这里和陆家嘴。陆家嘴这一段修隧道封路不好走，所以我们会来这里。这里商场很多，但吃完饭看电影方便的就两家。如果看我们在格瓦拉上给电影打的分，就知道我们觉得友谊影都更好一点。所以我们会来这家商场找吃的。你每次吃饭前都用大众点评搜评价，从来没选过低于前十名的店。但这个时候大多数店家都要等位，而你之前能接受的等位时间最多是三十分钟，这样就缩小到了两家——天辣地辣和这家店。今天你大姨妈来，应该不能吃辣。所以，真相只有一个。”

“这预测是神探夏洛克来做的吧？”

“对，这比看看你在网页上点了多少东西复杂多了，所以我们的系统不光要做最简单的数学分析，还要有一定的推理能力，算是人工智能吧。”

“哎？我大姨妈来你们也能知道吗？”

“网络时代，根本就没有什么是真正的秘密。”

想象中的陆仁甲回答这句话的时候，脸上一定是一种坏坏的神秘微笑，比吴彦祖年轻，比吴亦凡深邃。于是现实中的他也挂上了这种表情。

“笑啥呢？”现实中的周致淑只问了这一个问题。

“没啥，随便笑笑。”

周致淑板起脸，不熟悉的人会误以为严肃：“没经过批准不许笑。”

“周致淑老师，你在幼儿园里对孩子也这么说吗？”陆仁甲说这话的时候也很严肃，没幽默感的女人会理解为批评。

“不，”周致淑不是这样的女人，“我对他们说，不经过批准，笑不许停。”

陆仁甲大笑起来，笑声持续了五秒，周致淑就好心地说了那个字：“停。”

侍者送来下一道菜。

“给我一杯猕猴桃汁谢谢。”周致淑抬了抬手。

“哎，猕猴桃全是维C，和虾一起吃会中毒吧？”

“这是伪科学，陆同学。”周致淑信心满满地挥挥手，“维生素C是可以把无毒的五价砷转变成有毒的三价砷，但这个量太小了，你要吃几十公斤才吃得死人啊。”

“是吗？你确定？”化学知识确实是陆仁甲的短板，但多疑和面子让他不甘心当即屈服。

“你不信？”周致淑拽过一旁的手包，从里面掏出一管泡腾片，还没等陆仁甲做出反应，就打开盖子倒出一枚扔进装了清水的杯子里，泡腾片遇水当即冒起了气泡。

“看见了？”说话间她又用筷子夹起一只剩下的炸虾，在杯子里浸了浸，三下五除二吃了下去，然后“咕嘟咕嘟”把一杯橘红色的维生素C水都喝完了，留下陆仁甲傻愣愣地看着。

“怎么样？我毒死了没？”

陆仁甲只好投降，乖乖地承认：“周老师，我学到了。”

第四次开车走这段路，陆仁甲已驾轻就熟。上班之外的路线他平时总是避免走，但送周致淑回家的路途让他感觉自在，不需要一路上都聊刚才看过的电影，不用听针对黑心商家和八婆同事的抱怨，也就是说不用特意开得很快。

车窗按照她的要求开着，风吹进来，每当车开过一百五米到两百米，就把她的发梢吹起来蹭过他的耳垂和脖子。陆仁甲忍不住痒时，就会转过头去对她笑笑，她也会回以微笑。这是个懂得享受安静的女人，让人几乎不介意永远开着车带她走在路上。

“停在这儿吧，陪我到江边走走好吗？”

“好。”

不是所有带“江边”字眼的房子都很昂贵，尤其是在江的东侧，多的是周致淑住的那种小公寓。楼高都是十几层，外墙线条冷硬，颜色常是黑、灰，出自开发商对年轻客户审美的一知半解。而太阳落山后，那些窗户里最多只有三分之一亮起来过。陆仁甲知道有一个窗口属于周致淑，而具体是哪一个，却是等待她上楼以后观察（连续三次）所得，因为他从没被她请进门坐过。一个心急的男友，尤其是一个听惯了同伴对各自辉煌泡妞史吹嘘的IT“屌丝”，可能会为此沮丧，但陆仁甲并不介意。毕竟才开始两个月，还早。他喜欢一切稳健有序。

这里的江岸比另一侧更安静，尽管也做了绿化，花丛中和石板上安了不少灯，但几乎没什么人。陆仁甲小时候不太喜欢江水的味道，但现在感觉好多了，因为周致淑走在靠江的一侧，风里头因而染上了她的气味。

“你……”周致淑刚说出一个字，陆仁甲的手机铃声就响了。

是徐杰。

“喂……”

“你小子原来暗度陈仓啊！”

“什么？”

“别装蒜了，刚才在国金百丽宫，看《少年班》的，是不是你？”

“……你看错了吧。”

“扯淡！你小子烧成灰我都认识！老实交代，那个美女是谁？”

“……”如果不是觉得徐杰的声音太大，周致淑一定听见了，陆仁甲真想回答说“是我妹妹”。

“怪不得王珍妮给你介绍新同事你爱理不理，原来金屋藏娇了……”

“你烦不烦啊？”

“这么不耐烦……哦，是不是我打扰你们办好事了？”

“啧……滚，别胡扯了，没事我挂了啊，拜拜。”

挂上电话，陆仁甲自己也不明白为什么要补充解释一句：“是同事。”

周致淑笑了笑。像她这么聪明的女子，一定已明白这是一个孤僻宅男被同事偶然撞破和美女约会后的必然遭遇。不过她装作不感兴趣，反而扯开了话题：“你喜欢乡村音乐啊？”

“嗯？”

“你的手机铃声。”

“哦，呵，还好啊。其实光是这首歌。”

“这是什么歌？”

“嗯，叫 *Who, What, Where, When, How, Why*。”

“好怪的名字，有什么特别意义吗？”

“呃……”陆仁甲马后炮地想起了有关游戏的一条规定：请尽量不向他人泄露游戏内容。这应该是为了保护隐私，以免人们放不开影响了游戏乐趣。

“还卖关子？下次不陪你看电影了！”

“好吧，这歌是我玩的一个游戏里的。”算了，反正这规定也没办法监督执行，别的玩家大概早就到处说了，不然怎么会有新玩家进来。

“什么游戏？网游吗？”

“不算吧，虽然确实得上网，但主要是在现实里玩的。”

“现实里？”这话题明显引起了周致淑的兴趣，陆仁甲继续说了下去。

“嗯，在网上只是做游戏准备。我们是五个人一组，在网上抽签，就是抽五个词‘什么时候’‘什么地点’‘谁’‘干什么’‘怎么干’，最后凑成一件事，在现实里做出来。比如抽到 Where 的人就决定哪里，抽到 What 的人决定是什么事，抽到 Who 的人决定是谁去干这件事。”

“听上去很好玩啊，你们都会做些什么事呢？”

“基本上就是各种无聊的事。”

“比如呢？”

“比如，最近有个男人在淮海路上扮成斑马躺在斑马线上，你知道吗？”

“哦，我听说过……不会是你干的吧？”

“不是我，不过是我们一起玩的人。扮成斑马的主意就是我想的，因为我那次抽中了‘怎么干’。”

周致淑大笑起来：“真的？太有趣了。扮斑马的人真的肯吗？”

“不肯也得干。”

“你们会监督他吗？”

“那倒不是。现实里我们都不知道对方的身份，否则好多事都做不出来。主要还是靠自觉，要赖就失去意义了，玩不起还不如不玩。”

周致淑点点头，显然对这种运动家精神挺认同：“你们每天都玩吗？”

“不，一周一次。每天都玩受不了啊。”

“那，你有没有做什么糗事？”

一个慢跑的老外戴着耳机和他们擦肩而过。

“当然有啊。比如这个礼拜，抽到‘谁’的人指定了我。”

“哦？他们让你干什么事情？”

“不是他们，因为抽到‘干什么’的正好是我自己。”

“那你选了干什么？”

“我写了‘发一笔横财’。”

“你好贪心啊。”周致淑笑得更厉害了，“不过写这种事也可以吗？发横财这种好事，为什么不选自己要选你啊？”

“因为这五项是按顺序来决定的，时间、地点、人物、干什么、怎么干。只有排在后面的人能看到前面的人写了什么。我是看到前面选‘人物’的选了我，才去写了‘干什么’，选人物的人反过来就不知道我写了什么。”

在他们身后，一个十岁左右的孩子正在父亲的帮助下学骑自行车，晃晃悠悠地超到了前头。

“哦，”周致淑想了想，“那你也不知道自己要怎么去发横财吗？”

“按理我该知道，因为事件的执行人是我，系统会在所有人选定以后把整件事情通知我一个人，但这次正好遇上停电，我错过了通知。”

“不过你知道时间地点，就是不知道怎么才能发横财咯。”

“嗯。”

“我猜是向富婆求婚！”

陆仁甲露出惊讶表情：“你怎么知道我要向你求婚？”

“去你的！我又不是富婆！”周致淑大笑着捶了他两拳。

她没有生气，很好。陆仁甲一边招架一边转移话题：“好了，富婆大多数已经结过婚了，不然怎么会是富婆。求包养还差不多。”

周致淑转过身面朝陆仁甲，倒退着走在石板路上，这步态有多让人喜欢，她自己一定非常清楚。“那么，陆先生通过求包养发横财的事情，应该是在什么时间地点呢？”

“时间是周日下午，地方是锦江乐园。”

“锦江乐园？”周致淑睁大了眼睛，好像再次见到自己童年玩具的高中生，“我都好久没去了，周日一起去吧。”

陆仁甲看着周致淑的眼睛，确认她不是在开玩笑。

有何不可？

“好啊，一起去吧。”

“好，我倒要看看哪个富婆会包养你。”周致淑把双手搭在陆仁甲肩上，陆仁甲感到心跳加快了几拍。

美好的夜晚。

* 2015年6月28日星期天

“啊——”周致淑在尖叫，而坐在她旁边的陆仁甲连叫都不敢叫，生怕一张嘴，一颗心就会从喉咙里跳出来。他闭着双眼，紧紧地抓住扣在肩膀上的保险杠，期盼这地狱一样的时刻快点过去。

这鬼玩意儿不是号称只运行140秒吗？为什么好像永远不会停似的？原先的过山车40米高，时速80公里挺好的，为什么非要新建一个50米高，时速105公里的！据说是从意大利引进的新设施，看来在精研美食之余，意大利人在让人呕吐方面也很有办法。

他们悬在半空，翻滚盘旋，好像烧热的铁锅里被甩起来翻炒的肉片，而且厨师还在炫耀自己腕力强劲。不管陆仁甲之前怎么想，此时此刻，只觉得来锦江乐园不是个好主意。尽管是周日，这个老牌乐园里的人还是不多，何况大部分是外地游客，完全无法和欢乐谷之类的地方相比。

终于从过山车上下来时，陆仁甲步履不稳。但周致淑一句“你没事吧”让他挺直了腰杆。为了证明自己真的没事，他下一站就去了那个多年前就在的打靶场。

打靶场是一个阴暗的大方盒子，被一层铁丝网和一层尼龙网包裹着，一面墙上并排竖着十几块靶子，好像曾几何时真的会有那么多人并肩朝上面开火。

那些发射棒球的炮管被重新油漆过了，但仍然和靶场外墙上新刷的宣传画一样，透着一股上世纪八十年代的味道。那是属于大白兔奶糖、铁皮发条玩具、麦乳精和火药纸的味道，和很多在那个时代度过自己童年的人一样，陆仁甲闻到、听到、看到甚至读到这种与Chanel香水、真皮座椅和百元大钞油墨味截然不同的味道，会不自觉地心情舒缓。

这里最大的奖也不过是一米六的玩具熊，淘宝上买一个要不了两百块，这肯定不能算是什么发横财的途径，但陆仁甲还是愿意一试。结果……

这些设备果然太老了。

游戏机房里的设备则要新一些，这让陆仁甲想到自己的高中时代，当然它们精美了一些，也贵了许多，但本质并无区别。在这样的地方当然找不到赌博机，最多只有些“擦边球”存在，比如敲一下按钮，就有一个代币从天而降，在垂直面板上由几十颗铁钉钉成的道路中磕磕碰碰地落下，最后掉到底部的某个凹槽里，如果和其他的代币排成相邻的一排就有奖励，如果不幸掉进已经有了一个代币的凹槽就会game over——一个描述起来得说一大堆，但玩起来超简单的傻机器。

即便如此，陆仁甲还是玩了，七连珠会有最高奖，应该会让机器像喝醉的酒鬼一样吐出看起来无穷无尽的纸奖券，凭奖券可以在柜台换一小瓶香水或者福娃海宝、U盘钢笔之类，而他们最多只玩到四个相连。

日已西斜，“发一笔横财”仍然没影没边。在小卖部买水的时候，陆仁甲发现这里还代卖彩票。

“说个数字！”

“7。”

“很好，再说六个。”

周致淑立刻明白了他要干吗，笑起来：“你不是吧？”

最后他们机选了五注。这也许是他最有希望发一笔横财的努力了。可惜开奖时间是明天。

“再坐一次海盗船怎么样？”类似提议由女人提出，男人往往都无法拒绝。

下来时，陆仁甲是真的觉得很晕，只想快些找个安稳地方坐一坐。

“我们走吧。”

“你不为发横财而奋斗了？”周致淑还不忘调侃他。

“算了，我放弃了。再说马上就不是下午，而是晚上了。”

“那你游戏没完成怎么办？”

“说一声‘对不起，我下次会好好表现的’。”

什么叫作好好表现？是指再也不提出“发一笔横财”这种荒唐的事件，还是不管事件多荒唐都努力完成它？陆仁甲自己也没想明白。

两人从寄物箱里拿回双肩包，往停车场走的时候，同路的还有三四对打算去吃饭的情侣。他们玩的应该就是这里一百块门票包含的六个游乐项目，也许这也是他们第一次来游乐场，而平时他们只会一起去商场、餐厅、电影院和宾馆。想到这点，陆仁甲觉得自己的约会内容还算不错。

坐上车后，周致淑问陆仁甲：“有没有带纸巾？”

“有，我包里。”已经发动车子的陆仁甲示意她自己拿。

周致淑费劲地把陆仁甲刚才扔在后排的摄影包提到前排来，拉开了拉链。

三秒钟以后，陆仁甲才意识到身边的她已惊得目瞪口呆。

“怎么了？”不用等回答，他自己已经看到了——

那个本来应该放着相机的包里，现在塞着成捆的钞票。

3

作弊

在自家的床上，陆仁甲把一万块一捆的钞票五捆叠成一摞，五摞排成一排，前后排了两排，这个形状才让他冷静了点。

陆仁甲拨通了周致淑的电话："我数过了，五十万。"没必要费劲细数，封条都贴着，上面敲着清点这些钱的银行职员的印章。

周致淑没有在发现这笔钱之后要求跟他一起回家，这让他更生好感。

"你记不记得什么时候被人换的啊？"

"坐海盗船之前我还拍过照，所以一定是在寄物箱被人掉包的。”

“可是寄物箱不是有密码的吗？”

“那又不是保险箱。”因为自己是干这一行的，陆仁甲对于电子安全装置从来就没有过高评价。

“会不会是其他时候被人换的？”

“也有可能。我仔细看了，连包也不是我的。”拿回家来，陆仁甲才发现肩带上本来的一处脱线没有了，底角一处难以去除的污垢也没了踪影。

“这到底是谁开的玩笑啊……都是真钞吗？”

她直到现在才想起这个问题，这让陆仁甲更喜欢了。

“不管谁开的玩笑，成本都够高的。”

“是跟你一起玩游戏的人吗？”

陆仁甲毫无必要地思考了几秒：“我想不出还有谁了。”

“仁甲……我开始觉得你玩的这个游戏有点吓人了。”

“吓人？没什么啊，有钱拿有什么不好？”陆仁甲笑了笑。

“你打算用这笔钱吗？”

陆仁甲停顿了一会儿，其实只是假装在思考：“我想还是先放起来吧，也许有人会要回去。”

“嗯，我也觉得。”

“嗯，今天你也累了，早点休息吧。”

“好，你也是……安安。”

“晚安。”

挂了电话，陆仁甲又看了一眼床上的钱和包，轻声地自言自语道：“我也觉得挺吓人的，宝贝。”

电脑打开在那里。www.wwwww.org 提示他：

“今天不是您的游戏日，请在下个星期一再登录”。

今天，他应该看的电影是《乱》。

陆仁甲点开链接，努力把注意力集中到骏马背上手执长弓的古装武士身上，不让发生的事打乱他生活的原有节奏。

但是他其实一点也不想看。

* 2015 年 6 月 29 日星期一

第二天早晨，从上班路上的第一个红绿灯开始，陆仁甲就感觉到了横财带来的影响。他晚了十五秒，所以必须多等一分半，为此他错过了趁警察换班时上高架的一段空隙期。电台新闻播完时，都没到拥堵路段，更别提和马自达兄会师了。

一到公司，徐杰就跑了过来。本来陆仁甲还以为他是对上周末发现周致淑以后的拷问成果意犹未尽，谁知道却是工作上出了问题。

“兄弟，你给我的文件怎么是上周三的？”徐杰跑来发出这种提问的机会可是凤毛麟角。

“哦，我大概发错了版本，不好意思。”陆仁甲打开电脑，再搜索了一下 U 盘，印象中本该有的最新版本居然哪里都找不到。“难道我存错版本覆盖掉了？”自言自语都说出了声来，可见他确实不在状态。

“稍等一下，我一个小时就能弄好。”

结果他花了七十五分钟。

午休时，也许是因为歉疚，陆仁甲破天荒地主动去领了外卖。在回来分发的时候，徐杰递给他两张二十元：“找钱。”

“哦。”陆仁甲递了一张钞票过去。

“嘿！”徐杰用那张钞票拍了拍他的肩，“我给你四十，你找我五十？”陆仁甲低头一看，果然错把五十块当成十块的了。

徐杰在等他换钱的过程中还在摇头：“你中彩票了那么大方？”

陆仁甲的脸色一变，随即反应过来这只是巧合，但在那之前，上帝作证，他居然有那么0.5秒，几乎认为徐杰是弦外有音。

“啪”！徐杰掰开方便筷，点了两下鼠标，显示器屏幕的画面从一群手拿奇形兵器、脚跨珍奇坐骑却穿得衣不蔽体的2D世界美女变成了纯文字网页。陆仁甲瞄了一眼，标题是“第三百二十九章”。

徐杰把鼠标移到左手，这才开始吃他的午餐。在泡吧、玩网游、聊天和睡觉之外的业余时间见缝插针地读点小说，是徐杰的爱好。据说有时他兴之所至还会自己写一点，还曾贱兮兮地拿给同事看，但陆仁甲直截了当地表示毫无兴趣。

不过徐杰此刻对陆仁甲却有兴趣，虽然他眼睛还一目十行地读着小说，完全跟得上鼠标滚轮的速度。“看你失魂落魄的，难道跟女朋友出状况了？”

“什么什么？他有女朋友了？”正好路过的王珍妮风风火火地跑

了过来。

“有啊，还是大美女呢。”徐杰这次不看小说，回过头来，拿筷子在空中一比划，几乎让人以为给他一支笔，他就能把周致淑活灵活现地画出来。

“真的？是干什么的？”王珍妮立刻配合地进入了八婆模式。

“听说是幼儿园老师……”

“哦！没想到原来他是制服控啊！”

陆仁甲笑了笑，自己也不知道这笑是啥意思，对严肃辩解或幽默应对调侃他都没有兴趣。他只想一个人待会儿。

会议室里，陆仁甲和很多人待在一起，但神志却超然物外。所以当Andy突然叫到他的名字，问“Reggie，你对Samantha刚才说的有什么看法”时，他只好把下巴从手腕上抬起，敷衍说：“挺好啊，我觉得她说得挺对。”

嗡嗡声四起。而Andy愣愣地看了他一会儿，才说：“好吧，表决一下。关于在‘快将’里给VIP用户开发‘捉奸功能’的提议，支持的是Samantha和Reggie，反对的是……”

在其他人都把手举起来时，陆仁甲觉得自己浑透了。捉奸功能？Samantha，你在想些什么啊？从来都没想过自己为啥至今没嫁出去吗？

陆仁甲等着电脑上的时间跳到了18：00，随即站起身——包早已背在了肩上。他不关心等电梯用的时间比平均等待时间长还是短，不关心今天从车库到第一个红灯加几脚油门最合理，不关心放弃爬楼梯上楼会在运动量上欠多少债，甚至不关心冰箱里哪包意面才是生产日期最早的，以及今天应不应该吃凤梨。

他对什么都不关心，除了一个真相。

他参加了一场游戏，以为花费不过是每个月电费和网费里的几百分之一——几块钱而已，而跟他一起玩的某个人（权且叫他X吧），却不这么想，而是愿意在仅仅一周之内就花掉五十万，只为了让游戏内容可以达成。

陆仁甲不玩网游，但知道零预算闯入一场RMB玩家的游戏是不明智的，更何况这场游戏里的奖品不是屏幕上金闪闪的虚拟装备，而是现实里红灿灿的钞票，其他发生的一切，也并非电脑特效而已。

笔记本已经充满了电，他再不会被停电干扰。今天他一定得知道：X这个疯子是谁？

18：50一到，他早早地登陆进了www.wwwww.org里属于他们的房间。

只有阿丙比他早到。

18：50：10　阿丙：Hi~

陆仁甲立刻开始了思索。18：50是允许登陆的最早时间，他来得那么早，是因为钱是他给的，所以迫不及待来观察反应吗？还是仅仅因为他是上次的主角，对这一次会发生什么很好奇？

此时SM也来了。

怎么办？我该现在就试图套他们的话吗？还是等一会儿，等X自己露出马脚？或者等系统公布上次游戏的内容以后再观察他们的反应？

陆仁甲没来得及采取任何行动，掌声雷动也已经到了，然后寒暄未毕，夏洛克也进了房间。

谁也没有对陆仁甲格外关心——只有选了“谁”和“怎么干”的人知道他是上一轮的主角，而此时，谁都没露出破绽来。

终于，18：57：00，屏幕上如期打出了上一期的事件：

上期揭秘

When：下个星期天下午

Where：锦江乐园

Who：白子

What：发一笔横财

How：捡到五十万

当How后面的字和其他字一起跃入陆仁甲眼帘的时候，他觉得心跳停了一拍。

其他人的反应也不平静。

18：57：11　掌声雷动：Wow~~

18：57：14　SM：这难度也太高了吧？

18：57：18　夏洛克：我最多只捡到过五十块

18：57：20　掌声雷动：白子，你成功了吗？

除了那个送给他五十万的人，其他人应该都和掌声雷动一样关心这个问题。陆仁甲没有立刻回答，他真希望他们多说点话，好看看有谁最不自然。然而在下一轮游戏开始前的时间是有限的，他也许应该在说出事实之后再观察各人的反应？

对了，阿丙还没有开口说话。

18：57：30　阿丙：捡？去抢五十万都不一定抢得到，谁没事背那么多钱去游乐场啊？不过主要还是写“发一笔横财”太离谱了，这谁能办得到，谁想出来的啊？

原来还是因为他打字不快。

陆仁甲叹了口气。在键盘上敲下四个字：

18：57：39　白子：我捡到了。

陆仁甲好像在地铁上玩切水果的人那样凝视着屏幕。

18：57：44　SM：：o

18：57：46　夏洛克：你捡到了？

18：57：48　阿丙：……………………

18：58：11　白子：确切地说我是在自己包里找到的，我的包被人掉包了，里面塞了五十万。

有那么十秒钟屏幕上没有出现任何新对话。陆仁甲全神贯注地注视着屏幕，似乎能从几个ID和头像上看穿人的内心。

18：58：25　SM：挽尊。

18：58：29　掌声雷动：没开玩笑？

有一刹那，陆仁甲几乎想打下“开玩笑的”几个字，也许这种故意撒谎会让X露出马脚，可万一失败，再尝试其他方法难度就高了。所以他还是决定照实说。

18：58：57　白子：没开玩笑。我比你们更惊讶，“发一笔横财”是我自己开玩笑写的，但最后断电了，所以没看到How写了什么。

18：59：03　阿丙：吹！接着吹！

18：59：10　白子：我真想知道到底是谁给了我这五十万。

18：59：17　夏洛克：为什么？

为什么？这是一个出谜者问猜谜人的问题吗？该怎么回答？

18：59：29　白子：我想拿回我的60D。

屏幕又静止了八秒。

18：59：37　SM：我呀我呀。

没想到居然会有人那么快承认！SM这个说话总没正经的家伙就是X吗？的确，他总是疯疯癫癫的，可谁能猜到……

然而——

18：59：43　掌声雷动：明明是我。

18：59：45　夏洛克：我送给他的，你别冒充。

18：59：49　阿丙：老子的钱！！！

出人意料，但又最“合乎情理”地，不是没人承认，而是每一个人都承认了。

怎么办？在这些玩笑中哪一句才是真话？

没时间分析了，19：00：00到了，聊天功能被关闭，新一轮游戏开始了。

陆仁甲此刻根本无心参与游戏，刚才的聊天已在最后一秒被他截屏。等他把画面保存下来，再回到游戏界面，小球的旋转已经停止了。

他是Where。

陆仁甲皱了皱眉。真糟糕，除了“时间”，他什么都不会知道，也没法决定什么重要的事情。本来他还希望能透过这次游戏，继续探寻上一轮那个慷慨的神秘人是谁。等等，如果这样的话……

正思索着，系统提示出现了。

> 您之前的玩家已经决定了
>
> When：下个星期天中午十二点
>
> 请您决定
>
> Where：?

我只能想到这个了，值得一试。

陆仁甲郑重其事地在 Where 后面打入了四个字：“锦江乐园”。

X 在上周的锦江乐园“施舍”了他五十万，如果这一次地点依然相同，他到时也许还会有所行动。

上帝保佑，再让 Who 选择我吧，或是选择 X。五分之二的概率，不低了。

系统在所有人都输入了决定以后，会给最终被选为 Who 的玩家两分钟时间确认事件，而这期间其他人将会看到提示，并且可以退出。

陆仁甲看到了提示：

> 这一次的事件不由您执行，您已可以退出游戏，欢迎下次再来。

他没有退出，而是观察哪个人立刻下线，哪个人逗留了很久——这是他们在最开始玩这个游戏时就摸索出来的小窍门，也许可以借此猜出谁是Who。这是老办法了，所以越来越不奏效——每个人逗留的时间都差不多。

19：05：10　掌声雷动退出游戏了。

19：05：12　阿丙退出游戏了。

19：05：13　SM退出游戏了。

19：05：15　夏洛克退出游戏了。

没有人明显落后。等待的时间里他瞄了一眼自己的经验值，发现提升到62点了。足足涨了20！看来虽然有人说他是骗子，但所有人都给了他5分的评价。

这时他的手机响了，是周致淑打来的。

“喂。”

“喂。”

“刚才见到他们了吗？有谁承认了？”

“每个人都承认了。”

“……所以还是不知道谁干的？”

“嗯，一点也看不出来。”

“你们又玩新的游戏了吗？”

“是的，刚玩。”

“这次你抽到了什么？”

“Where，没什么要紧。”

“哦，你说还会不会再出怪事啊？”

“我不知道。”陆仁甲沉吟了一下，“我查查吧。”

“怎么查啊？”

“别忘了我是干什么的，”陆仁甲的一只手已经摸上了键盘，“这种网游的数据库，要想攻破还是挺容易的。”

“这，这会不会犯法啊？”

“没那么严重，我只是看看这次的游戏内容，有没有人又搞怪而已。”

“哦。那你小心点。”

“嗯，回头有结果了告诉你。”

陆仁甲放下听筒，开始工作。

绝大多数网页游戏的框架并不难侵入，而5W甚至可以说只是一个聊天室，应该更为脆弱。然而在陆仁甲尝试入侵的时候，却发现这里的安保比他想象的要复杂——他本来以为用几个最大路的Windows工具比如“冰河”之类就可以搞定，谁知道这么一个免费游戏的网站却是Linux架构的，而且没有套用任何现成的源代码。这更增加了他的不安。5W，你到底是不慎容纳了一些怪胎，还是本身就是按照一个怪胎集中营来设计的？

是时候让他的小宝贝Hot Pepper登场了，那是他上个月编的专用扫描器，包含了几个只有他知道的漏洞，就因为有这种独占性，每次使用都会加大漏洞被补上的风险，所以不到万不得已他并不想用。

但现在这种情况就可以叫作万不得已了吧？忙到十点多，陆仁甲终于攻破了外围的信息，随之发现参加这个游戏的人数远远比自己想象的多。“白子”这个昵称在数据库里也有十几个之多，而要攻破个人信息，检查到底哪个是他自己，看起来还要难上许多。好在他并不需要这么做。把阿丙、夏洛克等人的名字一起设为条件之后，他轻易地找到了如下记录：

game#584643529，record2015-6-29

他在第十一行找到了“下个星期天中午十二点”。

对了。

好奇心让他没有遵循最佳习惯立刻复制下来，而是扫着记录读了下去——这几乎是他此生犯的最大错误。

系统把他踢下去的速度快得出人意料，陆仁甲只来得及瞄到一个字段：

杀了白子。

不是真的吧？！

“杀了白子”？杀了我？

谁？谁要杀了我？什么时候？在什么地方？怎么杀？为什么？

陆仁甲回过神来，发现已经自问了七个问题，而自己居然还知道其中两个半问题的答案。

什么时候？

下个星期天中午十二点。

什么地点？

锦江乐园。

不是真的吧？

……恐怕是真的！

陆仁甲坐在沙发上，无意识地拿起架子上的棒球手套和棒球，双手做起了距离五公分的自投自接，而脑子提出了更多问题。

谁会在这样一个游戏里提出“杀了某人”？

答案恐怕很明显：那个平白送给别人五十万的X。

五十万，在很多地方，这笔钱足够买一条命，也许不止一条。

问题只在于，接到这个游戏指令的玩家，那个被指定为Who的人会不会真的去执行X的命令？

但也许这根本就不是个问题。也许那个X，也和上一轮的陆仁甲一样，凑巧自己被选为了Who，然后才写下这条疯狂的What让自己去执行。

陆仁甲几乎立刻去想：我有什么仇人？X有什么理由来杀我？但他没有纠缠在这个问题里。因为最可能的那个答案已经很明显：没有理由，仅仅因为好玩。

等一下，这样一来，写How的人会发现X的企图。他又会怎么做？会去报警吗？陆仁甲几乎看到了一根摁下110的拇指，但马上又觉得过于荒谬而把这画面抹去了。

How很可能把这当作一个玩笑，一笑了之。为了一个游戏报警？他能提出什么证据证明确实存在风险呢？

见鬼。

陆仁甲从沙发上站起身，朝着对面墙壁上刚用黑胶布贴成的那个“X”投出了手里的棒球。如果他大学里的本事还剩下一半，这种距离打中那个 2cm × 2cm 的交叉点应该毫无问题。他稍微加了点力，把那想象成一个人的鼻梁，要打断它就得花这点力。

然后擎天柱的头盔碎了，这真是冤枉——它待的地方比黑 X 高了两巴掌，靠左偏了快有一米。

陆仁甲颓丧地扔下手套，用尿意隐藏尴尬，逃向卫生间的几步路上想到：更糟糕的情况是，疯子不止一个，而他们是一伙的，或者各疯各的。

他们都要白子——陆仁甲去死。

陆仁甲强迫自己专心致志地瞄准马桶，双肩微抖了一下，呼出一口气，扭头看了看镜子，挺了挺背。

那么重要的问题只剩下了一个：他们是谁？

4 上班路上

* 2015年6月30日星期二

上午，陆仁甲坐在电脑前，任何人看到他专注的样子都不会想到这是在不务正业。但“不务正业”这个词用得不准确。眼下，没有什么事比查出谁在威胁自己的生命更重要。

凌晨他又试过侵入5W网站，但发现之前使用的所有肉鸡和跳板机的IP地址已被屏蔽了。经历过种种怪事之后，这种防御严密的程度说实话已经不会让他太意外。虽然他的真实IP没有暴露，但这也让他意识到在家里做这件事终究是不保险的，尤其是在自己受到了生命威胁的情况下——那个要杀他的疯子和送他钱的疯子很可能是同一人，而且他既然能把钱塞进锁起来的包里，谁知道还有什么别的本事？这人很可能也是个黑客，才能通过游戏里的线索掌握陆仁甲的真实身份。和这样的人对决，必须慎之又慎。

所以选择公司做战场毕竟比家里好一些，公司比家用网络多了两层防火墙，而且即便暴露了，对他的损害也较少。从今天开始到星期天，他还有六天时间。

放马过来。

陆仁甲十指交叉，伸长胳膊松了松筋骨，对着那块加鼠标只卖一百块钱、表面字母都被磨掉的键盘敲打起来。

用不了半天时间，他就有了收获。他换了方法再次侵入5W的数据库，虽然仍在三分钟内被踢了出来，但及时下载了一部分信息——这次他学乖了，没有先着急检视到手的赃物，而是等逾墙而归后才慢慢点数。

然而收获少得可怜。只有他们那组五个玩家的登录名而已。

“阿丙”对应sck195215；“夏洛克”是richard1979hhl；“掌声雷动”是chenorma，“SM”的登录名是iforlan，剩下的一个是陆仁甲自己。这里面有一个就是X。抛一个四面骰能把他抛出来吗？

此时手机响起，是周致淑打来的。陆仁甲戴上蓝牙耳机，用尽量低的声音说了声：“喂。”

“喂。你查到点什么吗？到底哪个是要杀你的变态啊？”

“我又侵入了游戏系统一次，不过大概是最后一次了。公司的IP也被封锁了，下次还会更难。还没查出来是谁，但几个人的用户名我都搞到了，希望能确定他们的身份吧。”

“我有点担心你。”她的声音确实含有担心，但仍然只是对闺密与老板偷情被人发现的担忧。这不怪她，也许她对这世界有多疯狂还缺少觉悟。“他不会是认真的吧？”

他当然是认真的！陆仁甲想，但说出口的却是：“很难说，我觉得一个人愿意扔掉五十万，已经算是很认真了。”

“……要不要我过来陪你？”

陆仁甲假装犹豫了一下，说出了早已想好的回答：“不用了。我们最近最好都不要见面了，我不知道那疯子会做出什么来，不想连累你。”

“那你有把握查出来吗？”

“不知道。”

“我能帮上忙吗？”

陆仁甲想了一会儿：“你觉得用户名 sck195215 是什么意思？”

“sck……会不会是名字缩写？195215……会不会是出生年月日？”

“聪明，很有可能。”陆仁甲试着在中文输入法下连续输入“sck”，跳出来的词有：

说出口　闪存卡　三岔口　素材库　锁匙扣　生产科

“1952？他六十了？”周致淑震惊了。

陆仁甲对此也很意外，但还是说：“谁知道呢，杀人可没年龄限制。”

想到自己要对付的可能是个老家伙，陆仁甲的心情并没有变轻松，因为这可能意味着这家伙更有经验，拥有更多资源，或者哪怕仅仅是疯得更久、更厉害。不过也有个好处，这种年纪的网民数量比较少，应该更容易筛选。

“你接下来怎么查？”

“看看这个账户还在什么网站有记录，有没有留下什么蛛丝马迹。”

“好办法！快查查。”听周致淑兴奋的声音，她一定是产生了置身谍战片的感觉。

陆仁甲一边用耳机接着手机一边打字，片刻间就找出了所有用sck195215这个用户名注册的网站。

“有结果了，好消息是除了5W之外总共只有四个：天涯、鲨威体育和两个色情社区。”

“那坏消息呢？”

“坏消息是没有信箱，没有微博，没有SNS社区，也没有购物网站。”

“所以没有个人信息是吗？”

“嗯，不过也不是完全不行。他上的这些网站看起来……像个大学男生上的。”

“六十岁的大学男生？”

陆仁甲承认这有点道理，但嘴上依然说："如果他是个随便送人五十万的怪胎，六十岁上大学也不奇怪啊。"

"看看他在这些网站都说了点啥。"

"我看看天涯的账号……这家伙是2008年注册的……最经常上的版块是天涯杂谈、国际观察和汽车时代……发的帖子几乎全部都是跟帖，只自己开过一个帖子。"

"关于什么的？"

"关于猜萨达姆藏在哪儿。还猜错了。"

"再看看别的网。"

色情网站最容易侵入，然而对个人信息的泄露也最少，没人愿意在这种网站留下真实信息。

陆仁甲对这两个网站的用户数据破解仅仅是顺手为之，没抱多少希望，过程也不想直播给周致淑，然而却发现在其中一个网站，sck195215是一位付费用户。

付费用户，这意味着一定有收费记录。

"逮住你了，老色鬼。"自昨天以来，陆仁甲第一次露出了微笑。

"怎么了？"

"他是某个色情网站的付费用户。"

"所以你能查出他的名字？"

"挺难的，付费系统要是很成熟，应该可以。但这种网站的付费系统都很简陋，甚至多半没有付费系统，靠支付宝什么的收钱，有时甚至让人直接银行转账。这样用户名就不见得挂钩了。"

"你怎么知道得那么清楚？经常上？"

“是男人谁没上过……不打岔了。啧……它真的没有支付系统……是最糟糕的一种，站长让人直接转账过去。”

“这样不是也要核对到底是谁转账的吗？”

“不一定，有时只要在打款时多加几毛几分，就可以当凭据了，然后通过站内短信……对啊，站内短信！”

陆仁甲立刻进入了 sck195215 的站内信箱。

“该死，他全删掉了。”

“别灰心，想想还有什么办法。”

“……只好用蛮力了。”

陆仁甲把这个经营时间不算久的色情网站站长的收款记录调了出来。付款者名单比他想象的要长，果然这是个赚钱的行当啊。

哪个名字的缩写是 sck 呢？

在名单的第二页上，陆仁甲就找到了一个看上去由三个姓氏组成的名字：沈曹康。

“叫外卖吗？”午休时间，徐杰按惯例问陆仁甲。

“不了，我出去吃。”陆仁甲拿起车钥匙就要起身。

“去哪儿啊？”徐杰显然是想跟着去。

扔下一句“你不认识的”，陆仁甲头也没回冲出门去。

“有异性没人性啊。”徐杰显然以为他抓紧时间去和女朋友约会了。

陆仁甲没有跟任何人吃饭，而是发动汽车，去了一个平时不会去的地方。

“小南汇介绍来的。”

这家老南市区的军品店，陆仁甲是第一次来，却报了一个从网上搜到的名字。

尽管眼神带有狐疑，但老板最终还是把一堆琳琅满目的刀具摆到了他面前。

“要什么自己挑。”

陆仁甲没想好要什么，他只知道被一个疯子盯上时，赤手空拳的感觉相当不好。不管最终查不查得出来X是谁，从现在开始他需要防身。虽然自己绝对不会再去锦江乐园，但谁说X一定会在那时候动手呢？谁说X不会先绑架他，到周日才押送到那里动手呢？

总之，他需要一些武器。而他起初根本没想到防身武器有那么多种。店里还有两个顾客，从体形看起来，一个根本不需要任何武器防身，另一个即便拿着武器也是白给。本来他们正在摆弄几副望远镜和一双军靴，现在则不时地瞥过一眼来看热闹。

“这把行吗？极端武力，线锁加半自动。”老板示范开关动作，耍起来挺好看，“只要八十。”

陆仁甲摇了摇头。这种毫不犹豫的拒绝，明确地告诉老板：不是因为觉得贵了。看热闹的四道目光里减少了点轻蔑。

“那这把怎么样？兰博签名版，只算你四百。”

造型夸张的匕首，厚厚的刀背上有十来个锯齿，刀身上的“John Rambo”和包装盒上的史泰龙照片一样好认。用来吓人倒不错，徐杰这样的夜店王子没准会喜欢，能给他添上点丛林味。

陆仁甲伸手指了指柜台上方，看热闹的又瞥过来一眼。那是一把库尔喀造型的军刀，全长将近50cm，单单刃长也有35cm，黑色刀身上的银色几何条纹掩盖了血腥感，使它显得甚至有点卡通，但店老板的凌空一挥立刻暴露了它的真面目——一只大约三分之一满的矿泉水瓶子，没经过任何固定，被拦腰一刀两段，上半身飞了出去，下半身却只晃出了一些水，竟然没有倒。

“多少钱？”

“七百。”

“要了。”

陆仁甲二话不说的架势让看热闹的两位彼此对视了一眼。握这样一把东西在手，我就比你这样的彪形大汉更有力，陆仁甲心想，至于你，芦柴棒老兄，双手握它也许能把你也跟水瓶一样拦腰砍断。

然而，这玩意儿不能随身携带，去游乐场这种地方更是想也别想。虽说他已经打定主意绝对不会在下个星期天离开家门，但谁说要杀他的人一定会遵守时间地点呢？从现在起，陆仁甲需要时刻警惕。

陆仁甲又选了一把圣甲虫的弹簧刀。双面开锋，即便他这种外行也不会因为持刀方向不对而伤不了人；刃长8.5cm，扎不穿人体，但解除一个人的战斗力应无问题；收起来才一掌长，便于携带。

“好眼力。就剩这一把了，四百八。”

最后，陆仁甲将一把弯刀、一把弹簧刀、一根甩棍、一根带电击功能和攻击头的警用手电、一罐据说辣度比合法产品高五倍的防身喷雾剂放进了后备箱里。

“下次再来啊。”老板对不还价、付现金的顾客都会这么热情。

下次？但愿不会有下次。

但愿不会有下次的原因不是因为我挂了。

下午，王珍妮拿来了一份资料。

“Andy说让你参考。”

“OK。”陆仁甲只是简单地答应了一声。本来显然想搭几句话的王珍妮，看到他戴着耳机，只好悻悻地走开了。

陆仁甲当然还是在和周致淑打电话，听筒里传来了孩子的吵闹声。周致淑是幼儿园的老师，这让不太擅长哄人的陆仁甲轻松不少，他不需要班门弄斧了。

“你找到那个沈曹康了吗？”

“没有，叫这名字的人太多了，不知道是哪一个，没有一个是1952年1月5号生的。”

“要不先查查别人？比如你说的那个夏洛克？”

陆仁甲想了想，说：“查别人也不见得好查，而且别人的嫌疑也不比他大。还是先把他吃吃透吧。”

“居然有人拿纸做婚戒，这都可以啊！”

同部门的Jacky显然是在看微博之类的，在紧张的IT公司，这种突然没头没脑冒出来的新闻广播和在任何公司里都是一样的，甚至更重要——听到同类的声音，与之应答几句，对每个人来说都是必须的。

“还有空看新闻，调试做完没有啊？”部门经理这种不甚认真的呵斥也是必须的，否则一片办公区域会立刻默契地陷入一种茶话会的状态。

“新闻……新闻！”陆仁甲很少喃喃自语，但这次……

周致淑在电话那头显然是和他想到一块儿去了：“对了，你不是说那个阿丙上过新闻吗？”

“没错，我可以上微博查他的照片！”

因为阿丙可是“斑马侠”啊！

“你太棒了，回头说。”陆仁甲虽然并不依赖周致淑的提醒，但借机恭维的意识还是有的。挂上电话，他就开始全力搜索。

关于这次事件的民间讨论，和任何在微博上传播过的囧事雷图一样，只延续了很短的一段时间，第一天达到峰值，第二天削减了一半，第三天又衰退了70%，之后就仅有零星余波了，远不如网络红人初起的几年，轻易能创造出绵延一个月乃至一年的话题。然而即便如此，仍然有超过十万条的信息量。

好在陆仁甲只需要搜索其中带有图片的。

他找到了四万六千条。

果然有路人给“斑马侠”拍了照。

时钟刚到18：00，下班时间一到，陆仁甲毫不犹豫地起身回家了。

陆仁甲的公寓里，没清洗的盘子摆在键盘边上，房间里连灯都没开，公寓主人正在电脑前紧张地筛选着照片。

转发“斑马侠”事件的四万六千条带图片信息中，图片来源有

99.6% 来自二十一张照片。这些照片中，大部分在取景上侧重于环境——毕竟这条新闻的亮点就在于它发生的地点。而只有两张照片拍清楚了“斑马侠”的面部。很多人的手机摄像头并不像它们的制造商宣称的那么好，更多人的拍照水平证明了自己不配拥有更好的摄影设备。好在拍两张照片的人十分认真，一张是站在很近的距离，估计就是在阿丙上方 1.5 米处俯拍的，拍到了他的侧脸。而另一张更为大胆，显然拍照者是蹲下身子，尽量跟路面贴近，直视他的面部拍下了特写。

阿丙，沈曹康，原来你长这个样子。

陆仁甲从这张照片的六百多个样本中挑选出精度最高的保存，打印了一份出来。那些贵得要死的相片纸是他心血来潮研究建筑史的时候和扫描仪一起买的，结果只打了几张科隆大教堂和万神殿，效果差强人意，再不用掉就要过期了。打完以后，陆仁甲用剪刀把阿丙的头像部分剪下来，有五寸大小，正好可以塞到衬衣口袋里。

做完这一切之后陆仁甲苦笑了一下。生平第一次把一张照片随身带在身上，对象居然是一个男人。

⋆ 2015 年 7 月 1 日星期三

早晨 8：13，闹钟响起。陆仁甲在响到第二声的时候摁下闹钟，睁开双眼仰视天花板，等待身体苏醒过来。

熬夜、通宵，牺牲第二天的效率，向来不是他的习惯。况且他现在要打的是一场持久战，持续五天，而越往后越关键，越需要清醒的头脑和良好的生活状态。

所以他依然和每天早晨一样，走进浴室刷牙洗脸剃须，站上健康秤，看到显示屏上68.1kg的数字微微点头，回到厨房喝下一整杯350毫升温水，然后走上阳台，做起了体操。

唯一不同的是，今天每一个动作他都减少了两个八拍。余下的时间，他打开一旁的运动包，拿出甩棍，用握棒球棍的方式双手持握，像大学里练习击球一样，空挥了二十次。又用右手单握，像短跑裁判员发令一样，空挥了十次。再用左手单握，空挥了五次。然后又拿起了那把弹簧刀，学着在俄版《十二怒汉》里看来的方式反手倒持着，以右勾拳的方式在空气里划出一道弧线。

挺像模像样。但是对着真正的人体而不是空气，他能挥得这样顺畅吗？

陆仁甲低头凝视着手里的刀，用指尖摸了摸锋刃，没有再挥出第二下。

电警棍拿在警察手里看起来挺帅的，可拿在自己手里感觉就笨拙无比，怎么做动作都不顺。陆仁甲打开开关，空气里爆出一串“噼啪”声，他只稍微比划了一两下，就把电池盖旋开，取出充电电池，放进充电器，插在门口边的插座上。

这一天，他依然和往常一样，是9：07出门的。

尽管被一个或者若干个不知有多认真的疯子盯上了，我还是我，陆仁甲还是要过陆仁甲的生活。若非如此，活着就全无意义。

但陆仁甲几乎忘记了，生活之所以像生活而不像程序，就在于它尽管经过精心安排，还是会出岔子。

陆仁甲走进车库，一眼就发现前轮胎瘪了。

有人破坏？这是他的第一个念头，但无从证实。轮胎从外观上瘪得不明显，但在只相信手工胎压计且每天都用一次的陆仁甲面前无所遁形。

他当然可以换胎，但一定会耽误时间。

尽管平时的所谓“准时”也不过是老板允许的迟到下限，尽管“准时”到了他也不会开始工作，陆仁甲还是讨厌迟到。

打车吧。

然而打车并不容易。自从上个月一个街区之外那段路开始了第N次大修，空出租车总是绕行过这里。小跑到小区门口的陆仁甲只看到路边停着一辆亮着“电调”红灯的“小众”出租车，司机在座位上打盹儿。除此之外，五分钟里，他再也没有看到任何出租车路过。

终于一辆亮着绿灯的空车驶来，陆仁甲伸手招呼，对方却在驾驶室里摇了摇手，没减速。见鬼！是赶着去换班的车。看来陆仁甲今天注定要迟到了。虽然不是什么大事，但这让他片刻以前不屈不挠的宣言显得很脆弱。

“走吗？”意外的问话来自一个近在咫尺的声音。

原来是电调车里本来在睡觉的司机师傅。

“走啊！”陆仁甲喜出望外，随即愣了一下，“师傅，你不是在等人吗？”

“册那只赤佬等半天还不来，不等了！阿拉跑吧。”

坐进后排座位以后，陆仁甲还在嘟囔：“没问题吧？”多少有些假惺惺。

“没问题，有啥问题？”司机说话很豪爽，起步时踩油门也一样豪爽。

OK，这样也许还能准时赶到。陆仁甲抬手看表，估算了一下时间，觉得大有希望。

“去哪里？”

“恒隆广场。”

“哎呦，恒隆上班，全是好工作啊。”

“还好吧。”

“你这样蛮远的嘛，为什么不自己开车啊？”

“哦，今天车胎爆了。”

“哦，哈哈，那我们是有缘啊。”

陆仁甲含糊答应着，伸手摁了下后排的移动触摸屏，关上了屏幕上范晓萱为Puma做广告的声音，然后从包里掏出一本书来看，这是他打发碎片时间的主要方式。书名叫“灰色童话”，一个个极短的故事，据说作者也是在上班路上的交通工具里写的，很应景。

然而司机对这一系列含义明确的举动好像毫不在乎，照样自顾自打开了话匣子。

“先生，你是做什么工作的？”

出于礼貌，陆仁甲没有置之不理，而是停顿一下再回答了尽可能短的两个字：“IT。”希望对方能够知难而退。

“哎呀，IT好啊。我一看就觉得你像是做高科技的。”

这种自以为是夸奖的话最让陆仁甲不耐烦，而且大大影响他的阅读。

即便没人回应依然能滔滔不绝讲下去，这是很多推销员和出租车司机的一种技能。

“我姐姐的儿子今年考大学了，上的是交大计算机系。”

“那蛮好嘛。”陆仁甲知道对一个中国人而言，你可以喷烟圈在他脸上，但不能不在他提及家中小辈所上的大学时表达赞美，所以再不情愿，嘴里也敷衍着。

“就是啊，先生你是什么学校的？”

“交大。”

“哦呦，那是校友咯！”

陆仁甲快不能忍受这没完没了的搭讪了，手里的书停留在一页插画上迟迟没能翻过去。他抬起头来，想用眼神从后视镜里表达抗议，却一下子呆住了。

后视镜里的面孔似曾相识。

营运证！他立刻去看营运证。但营运证上是一张完全不同的面孔，戴着眼镜，年轻得多。陆仁甲的心跳骤然加速，伸手到衬衣口袋里掏出了那张照片。

阿丙的照片。

在后视镜里，他起初只看到司机的上半张脸，而在挺了挺腰杆之后，他发现自己一瞥之下的猜疑没错：那张脸几乎和手里的照片完全一样。

陆仁甲的脑海里立刻浮现了一幅场景：一个穿着制服的出租车

司机被弃尸在某个荒郊野外，杀死他的凶手却有着另一个更重要的目标……

“女朋友啊？”

“啊？！”陆仁甲被司机的突然开口吓了一跳，反应过来的一声惊呼却也把对方吓得一愣。

小心，小心，别刺激他！陆仁甲在心里默念。

“我说照片。”

“哦……是的。”陆仁甲把照片收了起来。别慌，他的角度应该看不到照片的内容。他不知道我已经识破他的身份了。

“像你这样随身带女朋友照片的年轻人越来越少了，这像我们当年的事，现在不是都用 iPhone 了吗？”

“嗯。”陆仁甲敷衍着，心里却想着，“当年”？对，他确实年纪比较大，也符合“阿丙”在网上给人留下的一贯印象，比所有人都大一点。不过，也不至于是 1952 年出生的吧。出租车司机也有退休一说的吧？而且他看上去没那么老。会不会自己看错了？

心慌意乱的陆仁甲继续看着营运证，想看看那张完全不像的照片是不是一次极其糟糕的摄影结果。而这一看，却被发现了。

“你一直盯着看啊。”司机笑了笑，把右手伸向了副驾驶一侧。陆仁甲全身的毛发骤然竖立起来，对方已经发现自己看出了破绽，但还胸有成竹！

然而司机的手却没有掏出手枪之类的，只是从营运证的底下抽出了另一张营运证，重新在架子上插好。

“换班的时候忘记换了。”司机和气地解释道，“放心好了，我这不是黑车。”

对，一辆车两个司机开。

这个小小的发现只让陆仁甲的神经放松了半秒钟，因为这至多证明了这辆车可能不是偷来抢来的，根本谈不上宽慰，却反而证明了司机的身份——

底下的那张营运证上，确实是当前这位司机的脸，这张脸尽管有些小、有些模糊，却比后视镜里能看到的更完整，因而也和陆仁甲手里的照片更像。

而照片旁还有六个数字：195215。

原来这根本不是出生年月日，而是营运证号码。

5 你拿着手枪

阿丙，又名sck195215，就是眼前的这位出租车司机沈曹康，毫无疑问。

在得出这个结论以前，陆仁甲的心跳已经有大约每秒120次。而在想到轮胎瘪了，明明亮着“电调”灯却载上了自己，这一切根本不像是个巧合之后，他的心跳又加快了许多，他从来没想到自己会在静止不动的情况下心跳得这样快。

他的手几乎握不住书，耳朵里嗡嗡作响，已很难听清阿丙又在说些什么。

他不知道阿丙打算怎样对付他，在封闭的车辆里，掌握着方向盘和油门的阿丙有着绝对优势。他想起自己看过的好莱坞电影，一个急刹车和突然变向，就能够把司机从持枪劫匪的手中救出，但有时也能让他们一命呜呼。

陆仁甲下意识地去摸后座安全带。冷静，他告诉自己。至少车流缓慢的闹市里，司机也很难制造一起足够可控的事故。更可行的办法是把车开去一个偏僻的地方，但现在车还走在正常的路线上。他也可能，仅仅是来，怎么说，“踩个点”，了解一下猎物。这样的话，他应该没想到猎物已经认出了猎人，而且早有防备。

先下手为强？

陆仁甲左手缓缓地放下书，让它遮住自己的胯部，一边小心地注视着反光镜，但又不敢直视得令对方起疑，同时右手在书页的掩护下，伸手到背后摸索那把“圣甲虫”。

刺一个人的心脏，应该从第五根和第六根肋骨之间，斜向上挑。知乎上是这么说的。但那是正面。背面呢？好像斯蒂芬·金说过。是肩胛骨下面吗？

陆仁甲的手几乎是无意识地握住了刀柄，拿到了身前的书页底下，拇指在弹簧开关上微微发抖。

“先生，那你平时上网玩游戏吗？”

“游戏”两个字好像鲸鱼突然在海面上喷出的水柱，把陆仁甲从一串混沌遐思中拉了回来。

心跳已经不再加快了。陆仁甲突然觉得自己冷静了下来，好像一个用牙咬住救生绳的攀援者，再也没有余地可以歇斯底里地大叫。

“不大玩。”

“是吗，那倒很少见啊。先生你喜欢看书是吗？一看就很有文化。哪像我们，不务正业，空了玩玩游戏。”

“你玩什么呢？”如果所有这些对话都是别有所指，陆仁甲觉得自己也该以攻为守了。

“就一些最普通的啊，劲舞团啊，植物大战僵尸啊。”迄今为止，沈曹康用的都是标准上海司机闲话家常的语气。

“有没有特别一点的？”问这句话的时候，陆仁甲的双目热得像火，而声音冷得像冰，至于他的手，则分不清是冷是热。

“嗯？”司机沈曹康对这个一开始冷淡的乘客突然变得热心起来有点意外，但还是很快回答了，“哪有什么特别啊？跟你们比就是土包子咯，呵呵。”

不向任何不知情的人透露游戏，这确实是游戏的规则之一。没有人强迫你遵守，全靠自觉。这一点上，玩家白子自我反省做得没有阿丙好，他向自己的女友和盘托出了，还把她卷入了其中一场事件中。

所以，阿丙会遵守规则到底吗？如果他真的如此在意游戏规则，那么即便他是那个X，即便他真会动手杀人，也不会在此时此刻。

一脚刹车让陆仁甲往前冲了冲，额头险些撞上前排椅背的触摸屏。与此同时，他条件反射地摁下了匕首的开关，刀刃弹出的“啪”的一声被刹车声掩盖了。

“到了。来得及吧？”司机沈曹康转过脸来，脸上挂着笑容，“刷卡还是现金？”

陆仁甲抬起头来。恒隆大厦把阳光遮蔽成一道锐利的射线照过来，令人双目晕眩。他费了很大劲儿集中意志，才控制住自己跃跃欲动的手，稳稳地把匕首藏到后视镜的死角里，同时艰难地吐出了两个字：“现金。”

阿丙回身翻起计价器，胸有成竹地靠在座位上，等待乘客掏钱给他，视线望向左侧窗外，显得极有礼貌。

陆仁甲的一只手绕过驾驶座旁的有机玻璃防护罩，伸向前座。

“收您一百，找头稍等，发票在打。”

从车上下来时，陆仁甲已是大汗淋漓。

陆仁甲走过那块大理石公司标牌的时候，“1080”数字旁的电子钟已经显示10：02，但他根本没有注意。前台跟他打招呼，他没有应声，穿过王珍妮和Jessica所在的座位时他也抿紧了嘴唇，“我不想说话”已经写在脸上，幸好，最不识相的话痨徐杰并不在座位上。在走进公司以后，他第一个说话的对象是周致淑——通过Skype。

“我今天遇到那个司机了。”

“司机？”

“沈曹康，阿丙，他是个出租车司机。”

“啊？你在路上遇到他了？”

“不，我的车坏了，在小区门口坐了他的车。”

“你坐了他的车？没事吧？”周致淑瞬间大为紧张。

“没事。”

“他真的是司机还是假冒的啊？”

“应该是真的，刚才我登陆了‘小众’公司的网站，看到确实有这么一个沈曹康，195215 不是他的生日，而是营运证号。”

“哦，那他是不是那个疯子？”

“看上去不太疯，但也不好说。我查过，他是 1971 年出生，离过婚，没有孩子，父母双亡，有一个姐姐，一个弟弟。他家住在龙漕，2007 年进公司，之前不知道是干什么的。”

陆仁甲把对沈曹康的调查结果小心地收到一个叫作“阿丙”的文件夹里。而在同一级里还有三个平行的文件夹是空的：“SM”“夏洛克”和“掌声雷动”。

周致淑沉默了一会儿，久到足以表达对陆仁甲调查能力的赞叹，然后说：“你觉得他拉上你是巧合吗？”

“那也未免太巧了。”

“那就肯定是他了。”

这次轮到陆仁甲沉默几秒，尽管答案他早已想过。“也不一定。其他人我也要查查。”

“你不相信直觉？”

“我相信真凭实据。”即便是通过冷冷的键盘，陆仁甲打下这句话的时候仍能让人想起藏着漩涡的平静海面。

而周致淑一定感受到了：“下一个你查谁？”

“夏洛克吧。”

“嗯，我一开始就觉得叫这个名字的人一般嫌疑最大。”

确实，任何起这个名字的人都会被人看作侦探迷，并且希望别人如此看自己。回想起夏洛克在每次游戏过程中的发言，都是那样冷静直白，颇有几分侦探风范。而陆仁甲现在要做的正是一件侦探的工作。在这样一件扑朔迷离事件中的“侦探”，本身就是很大的嫌疑犯。然而夏洛克的真面目很难揭开，至少用对付阿丙同样的方法很难。

“他的登录名叫什么啊？”周致淑仍关注着细节。

“richard1979hhl。”

“Richard，很正经的英文名啊，1979一定是出生年份了。”

“嗯，我也这么想，不知道最后的‘hhl’是什么意思。”

“有可能没什么意思。”

“没什么意思？那是什么意思？”

“比如，他注册的时候，richard1979已经被别人注册了，系统就推荐他加几个字母当后缀……”

“有可能。”

陆仁甲立刻动手检索。

“可能你说的是对的。”

“嗯？”

“除了在www.wwwww.org之外，没有哪个网站有叫richard1979hhl的，但是叫richard1979的倒有无数个。”

“那怎么才能知道哪个是夏洛克？”

陆仁甲沉思了一下：“得再有一个条件。”

“什么条件？”

“我不知道，我跟他除了游戏没有交集，而他平时说的话一点也没有个人色彩。很谨慎的一个人。”

陆仁甲没有说出口的是，他甚至觉得夏洛克一直就像一个时刻面对着真正的夏洛克·福尔摩斯的罪犯一样，谨慎得丝毫不露个人痕迹。或者他曾经有过什么蛛丝马迹，但也被当时毫不在意，也认为没必要在意的陆仁甲漏过了。

所以，在收集、筛选那些“richard1979”的信息时，他几乎没有第二条件可设定。

也许有一个，就是刚才提到的唯一交集，5W游戏本身。但如果夏洛克就是X，应该不至于四处宣扬5W游戏的存在。

“那么，就看看他会不会提到你那个游戏吧？”周致淑几乎同时想到了，真是聪明的女孩子。

陆仁甲没有吱声，直接在键盘上敲打起来。

“没有，结果都不符合，没有‘richard1979’和五个W或者5W有任何关联。”

“那么其他玩家的名字呢？”

这是一个新思路，陆仁甲立刻去查了。但是——

“也没有哪个‘richard1979’和‘阿丙’‘掌声雷动’‘白子’有关，倒是和‘SM’有不少关联信息，不过不是成人用品网店的订单，就是色情论坛的交流帖。”

“他没跟任何人提过你们啊？”

“本来就不该提的，我告诉你这些事，都算是违反游戏规则。”

“嗯，那么具体的游戏内容呢？过去发生的事情，他有没有提？”

这个工程很浩大，很难做完整，也未见得有用，但只有这样了。

“好主意，致淑，我去查了。”

陆仁甲挂上电话，开始回忆从参与游戏开始，到上周为止，自己经历过的每一场游戏事件，把它们用简单的关键词表述出来，列成表。

这一次，当发现收获的时候，陆仁甲几乎真的认为，冥冥之中有人在帮自己了。

在昨天搜索过的有关“斑马侠”的微博中，有一个转发的人叫作“richard_1979”！

而这个账户转发的图片，在陆仁甲昨天统计占99.6%的那二十一张照片之外！也就是说，非转发，是原创！这家伙去了现场，给躺在斑马线上的阿丙拍了张照，就跟X到了现场，给应该发横财的白子递了个塞满钱的包一样。

照片总共有两张，从清晰度来看并非手机拍的，夏洛克难道是一个随身带相机的摄影爱好者？

微博上的照片经过了系统的重新压缩。但侵入数据库寻找源文件并不困难，毕竟这又不是个人信息，可以在保险公司那里卖五毛钱到两块钱一份。在查了原始图片信息之后，陆仁甲发现richard_1979的照片拍自佳能G12。但G12不是卡片也不是单反，既不方便也不能装逼，而且有些陈旧了，并非潮人装备，如今希望有类似性能的人多半会去买一台微单。

这会是一个扔五十万不当回事的人的相机吗？为什么不呢？保罗·福塞尔在《格调》里说过，真正的顶层人物根本不会在一些看起来太“新”的东西，比如汽车上投入太多心思，在这些方面炫富是比他们低上一两个阶层的人才会做的事。相机，显然比汽车更不值得深究。

在思索这个问题的时候，陆仁甲突然看到了一张照片中之前没注意到的一个细节：左下角的一个黑影。黑影很模糊，带着一点弧线，像是用鱼眼LOMO相机拍出来的照片边缘的暗角，很容易让人忽略。

陆仁甲把它放大到300%，发现这是一个袖管。

拍照的人，那个richard_1979一不小心把自己的袖管照进去了！

陆仁甲兴奋起来，立刻检查另一张照片，看看是不是能看到拍摄者更多的身体部位。然而没有。

陆仁甲感慨自己毕竟不是真正的侦探，能从衣服的一角乃至一缕纤维就还原出“凶手”的面目。见鬼，这不需要侦探也能办到。《龙文身的女孩》里那个财经记者不就办到了吗？难道到了我这儿，这个发现就毫无用处？

陆仁甲双手撑起太阳穴，陷入了沉思。

一只蚊子在一旁飞过，吸引了他片刻。而就是这次偶然的走神，把更多的东西带进了他的视野：他自己裸露的胳膊，穿着短袖衬衫的裸露胳膊。

“胳膊……”陆仁甲两手互握胳膊，喃喃重复了脑海里的这个词。

对了，现在可是夏天啊，两周以前当然也是夏天。夏天，什么人会穿像西装一样的长袖上衣呢？

拍照的这个人穿着制服！对方的身份范围一下子缩小了。

他也是个出租车司机？还是宾馆门房？还是……

陆仁甲在搜索引擎里输入“司机制服”。

三十分钟以后，他在屏幕上找到了几乎一模一样的袖子，而浏览器的搜索栏里填写的是“警服”。

夏洛克是个警察？

难道就是新闻报道里，那个把阿丙带走的巡警？

“hhl”，输入法里这个词组的第一个选项就是“淮海路”，这原来不是姓名，而是巡逻区。

要杀我的疯子X，有25%的可能，是个警察？

一个有权佩枪，有权铐人，有权调阅我所有个人信息的警察？

有那么一刹那，陆仁甲拿起电话，又放下了。他不想把这件事告诉周致淑，因为除了让她担心之外，别无作用。也许说了以后，如果某天陆仁甲在街头被当作歹徒一枪爆头，会有个人知道他是清白的，但这都是死后的事，已经于事无补了。

古人相信，陷入绝境的时刻才能看出男人的价值。现代人没有多少机会陷入绝境，有些人把失业、失恋乃至失眠当成了绝境的一种，还表现得很不像样。很少有人有机会像陆仁甲这样，遭遇真正的生命威胁。而他是个真正的男人，不会把时间浪费在震惊沮丧上。越是危险，他越是集中精神在努力。

陆仁甲努力的方式就是拼命敲打键盘。

“小本投资，竹纤维服饰招商，特价处理军靴/军裤/军刀/弓弩/电棍，买枪的SB别找我。”

这是某个人写在QQ上的签名档。

一般的顾客会信以为真。只有懂行的人知道，QQ主人最欢迎的就是那些被骂“SB”也毫不在意的主顾。陆仁甲点了“添加好友”，在对话框里输入：“坑子介绍，想要条狗。”

等了五秒，QQ没有回应，Skype却弹出了另外一个对话框。

“原来你也喜欢狗啊？”

陆仁甲一惊。对话框上的ID很陌生，“一梦如是”，陆仁甲的印象里没有这个聊天对象。再仔细看看登陆的邮箱名：Jessica5935rj。

Jessica？哪个Jessica？那个Jessica？陆仁甲微微起身，朝三排之前的座位望去，王珍妮空着的位子对面，Jessica抬头给了他一个微笑。

他飞快地打下：“你怎么看得到我的聊天记录？”

“听你的键盘声听出来的。”

“别开玩笑，说正经的。”

“公司有监控，我在管。”

陆仁甲再次抬头望了望，Jessica仍然报之以一个友善的微笑，但显得有点尴尬。原来如此。监控的存在从来不让陆仁甲意外，作为一家信息公司，能够允许员工使用即时聊天工具肯定会有这种条件。但他没想到，监控不一定是由专门的监控部门来做，也可能是由不同部门的比较闲的人来做。

陆仁甲冲Jessica挤出了一个根本不能算是微笑的微笑，立刻低头打开搜索引擎搜索“宠物狗种类”，好应付接下来五分钟的闲聊。

如果这事发生在一周以前，陆仁甲连这五分钟都不会浪费。任何听信王珍妮教唆的热情剩女，哪怕热情的非剩女，他都不会搭理。然而现在，他强迫自己胡诌了一通雪纳瑞哈士奇。在另一边的QQ对话框跳出回应的时候，他只是简单地留了一个手机号，让对方打过来。

输入手机号的时候他停顿了一下，机械地想到这也会被Jessica看到。然后才意识到，原来自己开始对所有人疑神疑鬼起来。

X的五十万花得物有所值。

这一天，陆仁甲回家比平时晚了两个小时。

他从出租车上下来，不仅背着包，还怀抱着一个长条状的纸箱子，长有一米五，宽有四十厘米，厚有十五厘米，分量看上去也不轻。

“啥东西啊那么长。”司机好奇地问了一句。

“钓竿。”

“钓鱼啊，好兴致。”

陆仁甲不再搭腔。司机也闭上了嘴，比沈曹康识趣得多。

到达车库以后，陆仁甲仔细检查了自己的车，发现车胎是被钉子扎爆了。

难道是昨天最后回车库的这点路上扎到的，当时没发现？陆仁甲觉得这可能性很小。

但是如果有人故意这么干，要靠扎爆他的轮胎让他出车祸而死未免太异想天开了，他开车不快，不可能出什么大危险。那么这么做的目的何在呢？

也许仅仅是为了让陆仁甲神经紧张。

想想自己买的东西，陆仁甲不得不承认他已经成功了。

回到公寓，陆仁甲打开灯，扫视了一遍房间。他放下箱子，先走到放电话的茶几旁，蹲下看了一眼。那根他从自己头上拔下来，白了一半的头发还在数字键盘上静静躺着，位置、角度都说明没有人动过。

陆仁甲自己也知道这有点神经过敏的意思，他面对的毕竟不是联邦调查局，这里也不是水门公寓。但谁能猜到一个疯子会做点什么呢？

等确认家里确实没有被神不知鬼不觉地安上窃听器或摄像头之后，陆仁甲才拿起纸箱坐到沙发上。外包装里是一个铝合金箱子，说是装钓竿的还算有点像，只是箱子把手上用铅丝拴着两把小钥匙，箱子侧面中间则安着两把锁，从这一点来看，这钓客未免对自己的钓具太珍视了。

陆仁甲打开铝合金锁，又在两侧的弹簧开关上一掰，箱子打开了。

黑色的乳状海绵上，静静地躺着一支枪。

从外形看，枪是AWP，陆仁甲这代人最熟悉的狙击枪，每个玩过CS的人都会很熟悉，绿色工程塑料的枪身，黑乎乎的铸铁枪管，拎起来足有七八斤重，手感十足。

陆仁甲端着枪走到了阳台上，拉了一次圆球状的枪栓手柄，直到听见“咔哒”一声，再把它重新归位。

瞄准器里视野清晰，如果是白天，透过它一定可以把五十米外树枝上的一只麻雀的羽毛看得很清楚。但现在，陆仁甲只能看清对面楼里炒菜主妇的头发。如果此时她抬起头来看看窗外，大概会吓得惊叫，没准儿得打电话报警。但是她不会抬头，世上没有一个合格的主妇会在做菜的时候朝窗外东张西望。

陆仁甲稳稳托住枪身，回想起大学时军训打靶的感觉，放缓呼吸，直至完全停止的那刻，扣下了扳机。

“啪！”枪膛里发出一声脆响，但仍与游戏里AWP震耳欲聋的嘶吼不可同日而语。那只是空气被震动的声音，枪口什么动静都没有。陆仁甲皱了皱眉，低头拨开枪膛下方的一个锁扣，把弹夹卸了下来。

弹夹里装的是六毫米直径的BB弹，塑胶做的，圆润光洁。而可拉动的枪栓也只有装饰作用，这把枪真正的工作动力是压缩二氧化碳。这当然不是真枪，而是俗称“气狗”的充气枪，自然属于违禁之物。想要不通过快递直接买到手，必须自己驾车跑到外环，直接从卖家手里拿过来。

陆仁甲检查了一下弹夹，确定并没什么问题，又把它重新装上，重新瞄准，重新扣下扳机。这一次枪口的声音更沉闷了，但一颗BB弹听话地钻进了树叶组成的暗影中，一只受惊吓的鸟不知从哪里蹿了出来。从瞄准镜里，陆仁甲能看到弹道偏离了多少。他调了调枪管上方的一个旋钮，再告诉自己开火时注意向右一点来抵消风势。第二次射击，他满意地听到了路灯的金属灯罩上发出了清脆的一声“当”。

精度还不错，但威力只能说是中规中矩。卖家早已演示过，这东西能在五米的距离轻松打穿易拉罐，或是月饼盒的厚纸板。如果在两三米的距离让赤裸的皮肤挨上一枪，也许会打破皮流点血，但谈不上什么杀伤力。面对穿制服的人，也许只有打到面部才有点用。也许应该把弹药换成小钢珠？“波箱”提供的动能够吗？

但最大的问题其实是用到它的机会很有限——他不可能把枪带出去，也不太可能像坚守堡垒的狙击手那样，等冲上门来的敌人在城墙外光明磊落地高喊“我是来杀你的”，然后从容地伸出枪管去给他个痛快。

不过敌人还是有可能上门的。

陆仁甲从背包里拿出了第二件新买的东西：一套监视摄像头。

一个多小时以后，陆仁甲已经可以在自己的笔记本上清晰地看到邻居张太太牵着狗，从门前过道走过。这女人早已到了和世界互相漠视的年龄，完全没注意到摄像头的存在。陆仁甲只好等到十分钟以后，另一户邻居家读初中的小孩放学回家走过时，才能看清一张正对摄像头好奇打量的脸。

效果不错，陆仁甲甚至能看清小男孩唇上的缕缕绒毛。这套监视系统只预防了一件事情，那就是屋主为了看清谁在敲门而站在猫眼后面，结果被一颗子弹隔门击中。虽然这只是众多要他命的方法之一，但要人命从来只要一种方法就够了。也许有些人会觉得这是小题大做，但当这种“小题”发生在自己头上，恐怕他们就不会这么想了。

陆仁甲好好洗了洗被石灰和冲击钻机油弄脏的手，躺回沙发上喘了口气。

现在剩下要做的，就是查出警察夏洛克的相貌了。

警用网络用一般的方法连不上去，陆仁甲得费一番周折。但好在和现实中的组织架构一样，执法机构在中国不是一个独立的系统，还是和某些公务网络相连接，而这些公务网络并不是那么坚不可摧的。

1979年生的Richard同学，你有枪，我也有枪了（虽然比不上你的）；你能知道我的真面目，现在我也要知道你的了。

一个小时以后，陆仁甲的双手刚离开键盘，拿起一瓶眼药水，周致淑的电话又打了进来。

“喂……没有，我没查到他是谁……”

陆仁甲显然想尽快挂上电话，毕竟和大多数人一样，撒谎让他不自在。而她大概把这理解成了焦虑，没说几句就把时间留给他继续调查了。

他现在不想告诉她已有的成果，也许因为她帮不上忙，也许因为这种事情不太合法，说出来可能会连累人。虽然对于一般人来说，最好有个人提前知道他冒险的来龙去脉，以防万一他失败死了，也不算白死。

但陆仁甲的生死观是：死了就是死了，哪管白不白？

6 办公室里的大象

⋆ 2015 年 7 月 2 日星期四

第二天，陆仁甲准时起床，按部就班地做了一套和昨天一样的早操，只是把耍刀子的节目换成了玩枪。

下到车库后，他把车里里外外、仔仔细细地检查了一遍，然后慢慢悠悠地开了出去。一路上，如果有个人跟着他，就会发现他比平时开得慢，进而会猜测，这是不是因为一个人面临生命威胁，就会突然对生命中一些原来看作金科玉律的东西，比如上班时间，不再那么在乎了。

但这样的人一定不了解陆仁甲。他今天的确打算好了要迟到，但并不是因为破罐子破摔，恰恰相反，他是对自己有了更高的要求。

他没有走固定的上班路线，而是提前拐弯，把车停在淮海路上。就停在路边，属于一定会被贴上罚款单的地方。然后走进一家街边的快餐厅，点上一份早餐。

点餐时排在陆仁甲身前和身后的人都选择了外带，他们是系着领带的男子和穿着小西装的女子，一定觉得再拿一只纸袋子匆匆走在路上，和自己的形象很配。但陆仁甲没有外带，而是气定神闲地托着盘子，对店堂中央大把空位视而不见，坐到了玻璃墙边的长条位子上，面朝大街，等着在这个点巡逻的人到来。

才等待了二十分钟，一辆警车就在陆仁甲的车旁停下了。毕竟，这个时间点在淮海路上这样违章停车实在是太嚣张了。

从车上下来的警察戴着墨镜，一米八的个头，鼻梁高挺、下巴坚毅，帅气十足。

隔着一层玻璃，陆仁甲从怀里掏出一张标准像。照片上的人没戴墨镜，但仍看得出和眼前的警察是同一人。

陆仁甲仔细端详了对方三秒钟，喝下最后一口咖啡，站起身从店门里走了出去。

此时此刻，陆仁甲的车里没有气枪，没有甩棍，没有电筒，没有砍刀，他的身上也没有匕首。对方如果正带着上好子弹的枪，要在这里拔枪击毙他，他也毫无还手之力。

但他觉得这种可能性很小，小到跟一个人坐飞机遭遇空难，或者吃牛排被骨头噎死差不多。既然他还愿坐飞机，也愿吃牛排，就没理由不冒这点风险，搞清楚一些事情。

“警察同志。”陆仁甲开口招呼。

“你的车吗？别废话了，肯定要罚。”对方头也不抬，好像以为陆仁甲想为自己说情，抓紧时间写字。

“是，我认罚。”陆仁甲平和淡定、毫不在乎的语气倒是让对方抬头看了他一眼。

这一眼，是夏洛克和白子的初次对视，是猎物和可能是他猎人的人面对面对峙。

警察夏龙一，网名夏洛克，也被人暗自称为X，在星期四早上热闹的淮海路街头，一眼认出了准备要杀的目标陆仁甲自己送上门来，于是欢呼一声，拔出配枪，一颗颗填好子弹，拉开保险，亮出射击训练时教官表扬过的手势，在他额头上打出一个漂亮的小洞，等着接受满大街目瞪口呆的行人的惊叫喝彩——这个场面陆仁甲不是没有设想过，然而这比较像是头上套个丝袜就去抢劫银行的人干的，所以不太可能。其中最不可能的关键是“星期四早上”。

想杀他的人应该是个严谨的人，而现在根本不是预定好的时间。当然，想在游戏里取人性命的人一定是疯子，但这个疯子主要的目的应该是游戏，有规则所以才有“乐趣”的游戏，而不是简简单单地杀人，否则就完全没必要大费周章把五十万现金塞到他的包里……大概，应该，是吧。

两人的第一眼对视很平静，对方戴着墨镜，那张脸上看不出什么表情，许久才露出一丝冷笑："不在乎啊，富二代是吧？有钱了不起啊？"

"不是不是，误会了。"陆仁甲虽然很想多看看对方的反应，但本能地抗拒这种误解，而且也觉得这不是能探查线索的方向，所以忙开口解释。

"哦，要不要看我的驾照？"说话间，陆仁甲已经伸手向怀中掏去。

这个动作，也没有引起对方的任何戒备，只引来了一道连墨镜也挡不住的，像是看到疯子的诧异眼神。

陆仁甲不在乎，动作自然无比地主动把驾照递过去。

警察接过驾照，低头看了一眼。

"陆，仁，甲……好名字嘛。"冷静的夏洛克似乎也不知道该拿什么态度对待这样一个怪人，只好拿他的名字开个玩笑。

"下次注意点，别那么嚣张。"

"好的，Sir。"

夏洛克只用了一分半钟就执行完警务，看似完全不认识违章车主陆仁甲，又名白子，对他最后所用的戏称也没什么反应。

试验完成，但结论依然模糊。夏洛克看似真的不知情，但也可能，极低的可能是装蒜，这样他就真该去演电影了。还有一种可能是虽然他就是X，却还没有查到陆仁甲在现实中的身份——因为查不到，或者因为随时都能查到。

至少他在这次相遇中保住了性命不是吗？算上阿丙，这已经是第二次了。下一次遇见游戏中的某人，他还能不能这么走运？

重新开车上路的时候，陆仁甲觉得刚吃下去的早餐在胃里翻腾。他决定下次还是不要吃早餐了。

“迟到了？”

进公司的时候，陆仁甲正好撞上从自己办公室走出来的Andy。

“嗯，不好意思下次不会了。”陆仁甲只是道歉，没做任何解释，因为据他对Andy的了解，这样是最好的反应，当然也因为没心情。

这几天为了查游戏的事，他的工作进度慢了许多，但还没有到严重的地步，而且即使慢上许多，他还是和其他同事，比如徐杰的效率差不多。也许Andy会把这视为他前一阵劝告的效果，认为是一次自我调节的结果。

剩下两个嫌疑人：SM，登录名iforlan；掌声雷动，登录名chenorma。

在网上搜这两个昵称都是毫无意义的，都会有海量的无关结果，搜前者还可能在公司网络里留下不良记录。好在两个登录名都比较奇特，可以从这里入手。

果然，叫iforlan的登录名很少。用了五个搜索引擎和数据库引擎，陆仁甲也才找到三个记录。

除了www.wwwww.org之外，一个是百度贴吧的账号，一个是一家团购网站的账号。百度倒是客气友好地把这个账号平时爱上哪些贴吧一览无遗地公开给陆仁甲，不需要他做任何黑客工作。这些贴吧普通得不能再普通了，有三个体育的，五个漫画的，两个游戏的，三个歌星的，两个作家的……一句话，显示出一个彻底的普通文艺二逼青年品位。

而团购网站的记录里，只有一条记录：去年他买过两张电影票看《变形金刚 3》，电子票，所以能够找到一个手机号码。

陆仁甲把这个号码抄了下来。

徐杰就算有各种坏毛病，中午替兄弟们订餐的热情总是优点一桩。午休时分，他又习惯性地拿起电话，问陆仁甲："你今天要什么？"

"不用了，你们自己吃吧。"陆仁甲匆匆起身，没给徐杰开口打听的机会，就离开了办公室。

电梯停在 1 层的时候，他就走了下去。步行十分钟后，陆仁甲搭上地铁二号线，在陆家嘴站下了车。

有那么几年时间，这座城市里充斥了大量的公用电话，投币的或插卡的。深夜在一些大街上走不了三五十米，就能听到站在电话背后的影子里飘来各种口音的"想你，当然想""哎呀我知道了"和"下个月回来"。清晨则可以看到那些有门有锁的电话亭里，睡了一晚的流浪汉起身去"上班"，或是那些没门没锁的，留下被拆掉话机和投币箱的设备残骸。

如今随着手机的普及，这支电话部队不断减员，其队员在寿终正寝和惨遭毒手后留下的空位都很少再被补上。除了地铁站之类的地方，几乎再也找不到它们。

陆仁甲找到了一个，掏出早已准备好的硬币，拨打了自己抄写下来的号码。

没有彩铃，电话响了四声以后被接了起来。

“喂？”一个年轻的声音。

“请问，您是SM先生吗？”陆仁甲尽量让自己用专业平和的语气说出这句怪诞的话。

“嗯？”对方倒是很惊讶。

陆仁甲打算完全不理会自己搞错的可能，按部就班地演下去：“我是5W游戏网的客服人员，您好。”

“哦，您好。”对客服说话也用了“您”，真是个老实孩子。如果是可视电话，陆仁甲觉得自己现在一定能看到一张发愣的脸。

“是这样的，我们发现您在上一次的游戏中指定的内容包含违法信息，所以想找您……”

“怎么可能？”电话那头没有给陆仁甲说出“核实一下”的机会，就急不可耐地辩解了，“我只不过写了个‘下个星期天中午十二点’而已，这有什么违法的？”

典型的不打自招。这么顺利的进展让陆仁甲都感到意外。会不会是故意伪装？但从这家伙年轻的声音和表演的难度来看实在不像。

“哦，是吗？我们得再核实一下。您在游戏中的登录名是iforlan吗？”

“对。”

“和您同一组的玩家有掌声雷动、夏洛克、阿丙……”

“还有白子。这一定是什么地方搞错了！”对方在电话那头开始激动起来，“而且，你们不是说不会窥探游戏内容的吗？”

“嗯，我们也会做一些必要的监察工作……”陆仁甲开始感到自己的演技接近极限了，“好的，谢谢您的配合，我们会核实情况再与您联系。”

没说“再见”，也没等对方再说话，陆仁甲就挂上了电话。

这家伙的嫌疑几乎可以排除了。他实在不像一个会提出“杀了某人”的家伙。如果他是被Who指定的执行者呢？那他应该早就报警了。这么想来，其他人也是一样啊。最大的可能是那个变态自己就是Who指定的执行人，而又恰好由他来指定了What，就跟上周的陆仁甲一样。

此时，手机响起。

“你去哪儿了？ Andy为进度发火了！”徐杰在电话里哀告着。

“我马上回来。”

公司里，焦头烂额的陆仁甲的手机响了起来，是周致淑。他只简单地说了几句：“没啥进展，现在去忙了。没事的，别担心。”

之后的一整个下午，陆仁甲都没有时间展开自己的小调查了。如果换了更胆小和歇斯底里的人，也许会为此把工作完全搞砸，但这不是陆仁甲的风格。就算得知小行星要撞地球，他也会是最后一批崩溃的人。

晚上，陆仁甲背着他的防身包，疲惫不堪地走进住宅楼。他开始相信，那个疯子不管是谁，都不可能在预定时间前动手，而会安静地等到周日。在此之前，他就是要让陆仁甲神经紧张，自乱阵脚，露出破绽，乃至让他生出不必要的好奇心，犯下最不可饶恕的错误——自己跑到锦江乐园去。

他别想得逞。

但是一进门，还没有摁下灯，陆仁甲就感觉到不对劲。

脚底的感觉不对劲，地板是湿的。

一刹那间，他刚才关于时间偏执狂的所有信心都一扫而空，低成本美国恐怖电影里满地血浆的画面连番浮现。德古拉伯爵刚刚在这里开了个派对，还忘了带餐巾？

这让陆仁甲退缩了一步，但这一步让他稍微感觉好受了一点，因为脚底的湿润感不带黏性。然后他就听到一种“嘶嘶”的声音。

这是什么声音？伏地魔在说蛇语？被刀砍开以后没凝固的血管？别傻了，电影看多了吧。

有人要烧房子泼汽油的声音？没有那个气味啊，而且正撞见这一刻也未免太巧了。

谁新买了一缸鱼送给他，还是谁忘关了啤酒桶？谁？田螺姑娘吗？

陆仁甲犹豫了五秒钟，调整好背包的肩带，左手仍留在门把上，用右手打开了灯。

地板上的是水。

小心翼翼地走进厨房，再四处检查了一遍所有家具陈设并无异样，没有恶作剧的迹象，他才确认，只是水管坏了而已。

他用毛巾把裂口绑上。看看没什么用，又绑了一条，这次看上去好些了，虽然还在渗水，但总算不“嘶嘶”响了。

“喂，我这里水管坏了，你们能找个人来看一下吗……好。”

挂上电话，陆仁甲返回厨房做晚餐。地板还是湿的，踩上去有点滑，但现在是晚饭时间，非突发事件不能耽误。突发事件是指地板上有岩浆，而不是水。

给袋装咖喱加热的时候，陆仁甲仍在思忖：断电，爆胎，漏水管。按这个顺序，接下来是什么？煤气泄漏？如果X大费周章却只想搞一场意外，那也未免太无聊了。所以这应该只是真正的意外吧。不过，房子上周断电，这周漏水管，这个概率算正常吗？该去投诉开发商吗？

三十分钟以后，陆仁甲吐掉了饭后的漱口水，就吐在仍然湿着的地板上——反正等会儿要清理不是吗？

水管工在“叮叮当当”地敲着水管，陆仁甲将手机开了免提，边开着电脑边和周致淑通话。

“剩下最后一个掌声雷动，他的注册名叫c-h-e-n-o-r-m-a。”

“好奇怪的单词，怎么念啊？”

“不是单词，我查过，哪个词典里都没有。”

“那有哪些网站注册过这个名字啊？”

“我念给你听：Amazon、Facebook、Youtube和Linkedin，有什么感觉？”

“嗯……都是外国网站，和那个阿丙上的网差别好大。”

“嗯，他活脱脱是一个翻墙帝。”

“有Facebook是不是很容易查啊？”

“嗯，按理说是，不过我刚刚看过，这家伙好久没登录了，没照片，没信息，什么都没有。大概就是赶时髦注册了个账号。”

“那有邮箱吗？”

“我看不到，Facebook也不好黑……”这件事上，陆仁甲第一次觉得自己的电脑技术不够用了，“不过等等，这个Linkedin大概有用。”

“就是那个求职网站吗？”

“嗯。这个chenorma本科毕业于杜克大学计算机专业，在宾夕法尼亚大学沃顿商学院读了经管硕士，目前在互联网企业担任高管，可接受的工作地点是北京、上海。”

“你动作好快啊！那么容易就黑进去了？”

“我根本没黑。”

“那你怎么知道这些的？”

“我只说我是用人单位，随便填了个公司的名称注册了，再用信用卡刷了一笔钱，就都能看到了。”

“好，那你能推断出这个家伙是谁吗？”

“应该不能，这里只有教育背景和职业经历……等等……”陆仁甲背后突然感到一股深深的寒意。

“怎么了？”

“我认识的一个人，他是杜克大学计算机毕业的，在宾大读的master，也在IT企业担任高管。”

“不会那么巧吧？”周致淑不相信。

“这游戏可能根本没有什么地方是巧合。”如果在两周以前，陆仁甲会觉得这只是单纯的巧合，而现在他却隐隐觉得，也许连他发现这个事实都是早已安排好的。

“仁甲，你认识的那个人叫什么？”

陆仁甲吸了一口气，才回答：“Andy。”

说出这话的时候陆仁甲并不自信，如果说公司有谁比他更像工作狂，那就是Andy。他几乎是完美的职业经理人，看上去已从工作中得到了全部，再也用不着去追求其他乐趣了。不过，一个偶尔上天涯指点江山，或是在收费网站下点A片的出租车司机，不是看起来也该无欲无求了吗？

两人在电话两边都沉默了许久。最后打破沉默的还是周致淑，她在电话那头轻声念叨：“chenorma，che和norma……”

“什么？”

“che和norma，切和诺玛。这不是一个名字，是两个名字！”

“切……是切·格瓦拉？那诺玛是谁？”

“我只想到一个……诺玛·简，就是玛丽莲·梦露。”

“切·格瓦拉和玛丽莲·梦露？这两个人有什么关系？”

“你记得他们的画像吗？”

陆仁甲当然记得，他的一个包上就有这样一幅切·格瓦拉的画像，扭头就能看见，还有一件T恤上，则有玛丽莲·梦露的画像，那是这两位大明星最广为人知的画像，在各种衣服、包、海报和墙壁上都有，画上两人的脸部线条都是黑色的，而底色五彩缤纷。

“哦，天哪。”陆仁甲知道周致淑是对的。这姑娘实在太聪明了，居然揭开了谜底，而这谜底实在太糟糕了。

靠这两幅画出名的艺术家是谁呢？

“安迪 · 沃霍尔，Andy Warhol。”周致淑在电话里念出了答案，“难道真的是你认识的那个 Andy 吗？”

对，就是 Andy 了。虽然有点绕，但除了他还有谁呢？

见陆仁甲不说话，周致淑更为着急：“是你那个朋友吗？”

从常春藤回来的 Andy，一丝不苟的 Andy，劝陆仁甲找个女朋友的 Andy。

“不，”陆仁甲疲惫地回答，在话筒另一边来得及松口气之前就补上了坏消息，“他不是我的朋友，他是我的老板。”

7 星期天的游乐场 2

* 2015年7月3日星期五

这一天，陆仁甲没有开车上班。因为每个人的车牌都在公司里有记录。车不再是一座私人堡垒，而很可能是一块移动标靶。他宁愿搭乘人多眼杂的公共交通，只是在站台上等地铁时，他很小心地一直背靠着墙壁。

从步入办公楼大厅的那一刻，陆仁甲就保持着高度警惕。在一群目不斜视、连深呼吸一口都嫌费劲的白领中，他左右观望的锐利目光显得特别突出。

高个子、整齐的背头、轻巧的眼镜、裁剪和质地一流的西装、走起路来旁若无人的气势，Andy 的特征即便在这栋充斥这类人的办公楼里也很鲜明。而陆仁甲看的不只是人。垃圾箱、水牌、盆栽、大堂前台的座椅、保安的人数和位置，以及电梯按钮……很多陆仁甲平时根本没有注意也不会去注意的东西，现在都变得似乎具有了意义，值得看一看，记一记。陆仁甲已经不自觉地把自己当成了一个勘察擂台的拳手，想着说不定一个小细节就决定了生死。

好在这是一周的最后一个工作日，若非如此，陆仁甲很难肯定自己不会干脆请假不来公司，哪怕这会打破他所保持的连续出勤纪录。在电梯间等待的时候，陆仁甲甚至产生了“也许走楼梯才安全”的念头，只是想到了“27 层”这个数字才作罢。

“哎，不喝咖啡啦？”

端着咖啡杯的徐杰会这么说，因为陆仁甲破天荒地把一瓶运动饮料放到了桌上。

“咖啡喝多了不健康。”陆仁甲当然是随口敷衍，以往作为加班帝的他可是一天也离不开咖啡，而这也是公司配备上好咖啡机和咖啡豆的本意。然而，从今天起，似乎任何属于公司的东西都不再是安全的了。

所以陆仁甲继续从包里掏出第二瓶、第三瓶运动饮料放到桌上。

今天，他不会再在公司的电脑上做任何调查 5W 游戏的事。今天，他会把全部精力放在完成工作上，抵消前几天的消极怠工。今天，他不会让Andy有任何理由把自己叫进那个玻璃笼子里，但他也会抓住一切机会好好地、悄悄地观察Andy，因为只有一天了。

陆仁甲观察过从门口到自己桌子路线上的所有人，知道他们用什么手机，放什么小摆设，喜欢吃什么零食，开小差的时候上什么网站，男的抽不抽烟，女的用什么保湿水，诸如此类。他从来没有刻意观察过Andy，因为Andy的存在感如此强烈，让人无法忽视。但这仅仅是Andy的职位造成的，真要把他作为一个个人分析时，陆仁甲突然发现对Andy几乎一无所知。

他结了婚，因为婚戒不离手；有孩子，因为桌上有相片。除此以外就没有了。他应该会打高尔夫，但办公室里没有球杆；他有男性魅力，但没有需要低声接的电话；他身体强壮，但从来不提健身；他开的车是奥迪A6，比他该开的差上一点；衬衫倒是惹眼的阿玛尼，但花纹低调得几乎让人注意不到。除了工作内容他几乎不谈别的，必要的时候他也开一两句玩笑，但一定会让听到的人感受到这确实是必要的。如果有个负责的记者跟踪采访他们公司一个月，一定会觉得Andy是全公司最无趣的人——除了陆仁甲以外。

这样的人，会去玩5W游戏吗？

陆仁甲在自问的同时就得到了一个答案，而且不是自己想要的。

下午茶的时刻到了，陆仁甲被一整天的高强度劳动和运动饮料搞得心烦意乱，决定找点吃的提提神。

茶水间已经围了一圈人，一大半人拿了想吃的东西就走，还有一小半则趁机围在那里聊聊天。

陆仁甲把手伸向一块巧克力，却没料到被另一只手抢先拿走了。

“还嫌日子不够甜蜜啊？”是王珍妮，她身后还有一个人朝陆仁甲点了点头，是……对，Jessica。陆仁甲当然明白王珍妮话里有话，上次徐杰关于他感情生活的爆料显然还没让她满意。但现在，陆仁甲实在没心情和她扯这些，于是干脆连话都不答，直接去拿桌上的其他点心。

另一只拿着一块凤梨酥的手伸了过来。

陆仁甲抬头一看，是Andy。“凤梨酥。”他冲陆仁甲一笑，像是个小学同学，背着老师说着只有他们两人懂的笑话。这是严厉老板在轻松的场合抓住机会和员工搞好关系的面孔。然而此时此刻，这张面孔丝毫没让陆仁甲感到亲切，他只感到毛骨悚然。

陆仁甲不知道自己盯着Andy的手看了到底几秒，只知道一旁的王珍妮都诧异起来，不得已，才伸手接过了那块点心。

陆仁甲正打算就此转身走开，谁知Andy又加了一句：“尝尝看。”

“嗯？”陆仁甲似乎没听懂。

“尝尝合不合你口味，不好我就去投诉行政部。”Andy又开了一个玩笑。但这让陆仁甲更难拿起手中的凤梨酥。

看向这边的目光变得更多了，陆仁甲头一次发现自己并不像想象的那样我行我素，可以完全不顾周围人的目光。尽管内心一直在发出警告，他也只能硬着头皮，把手举起来，朝嘴巴伸过去。

凤梨酥入口的一刹那，陆仁甲就腾出舌头来嘟囔了一句："不错。"然后再也不顾任何人的眼光，转身走出茶水间，走出公司大门，小跑着进了洗手间，在水池前一口吐出了已经溶解的凤梨酥。

尽管知道在大庭广众之下遭毒杀的可能微乎其微，陆仁甲还是忍不住一遍遍凑上水龙头取水漱口。陆仁甲感到这辈子从没吃过这么难吃的东西，然而牌子却是他一直以来最喜欢的，该死。

当他像个呕吐的孕妇般抬起头来，却正撞上镜子里一个刚从马桶间走出来的同事的惊异眼神。跟陆仁甲眼神相触的刹那，对方连手也没敢洗，赶紧离开了。

陆仁甲看看镜子，才发现自己满脸怒容。他气的是一块小小的凤梨酥就能让现在的自己这样狼狈。

还有两天，折磨还有两天就结束了。

电话铃响起，是周致淑打来的。陆仁甲想了想，摁掉电话。随即发去一条短信："我想静一静。"

其实他是不想再在公司里和她联系，以免把她牵扯进来，毕竟公司很可能不再安全。他已打定主意决不在星期天去锦江乐园，谁若想在那里杀死他，除了绑架他本人，恐怕最好的办法就是用亲友要挟他就范了。

这几天里，他都不能跟人生中最认真交往的女朋友见面，而这几天，可能是他的最后几天。

混蛋。

愤怒是治疗恐惧的良方，而它自身的副作用大小因人而异。陆仁甲克服它只用了大概二十秒的时间。

最后看了镜子一眼，他转身离开。

此时，Andy走了进来。

“Reggie，你还好吗？”

有一瞬间，陆仁甲真希望刚才被自己眼神吓走的那位仁兄仍在，或者身后的马桶间里还有其他人坐着。他在Andy面前的表情一定活像见到了鬼，他本可以用一句轻松迅捷的“很好啊”，把Andy的话化解成一次简单的问候，然后不动声色地和他擦肩而过，走回安全的大堂里。然而机会错过了。

他紧张地挤出一个微笑，点点头：“还不错。”

Andy摘下眼镜，这个动作几乎让陆仁甲后退了一步。而Andy只是打开水龙头，把镜片放到水流底下冲洗，同时面带微笑对陆仁甲说：“我很高兴你听了我的建议。”

“嗯？”陆仁甲不明所以。

“上周日。”Andy在这里又停顿了一下，指望陆仁甲想起什么。

陆仁甲其实不需要这个停顿也能立刻反应过来上周日发生的事：过山车、魔术风车、那个被调换的包和里面满满的钱……

“我在游乐场看到你和你女朋友了。”Andy说到“女朋友”这三个字时，陆仁甲才刚刚把回忆从钱转到周致淑那天的一颦一笑，这种先己后人的顺序几乎让他产生了一丝负罪感，好在他立刻就有机会补偿：Andy提及周致淑时，他从心底泛起了比爱情多得多的担心和恐惧。

“你也去了？”陆仁甲只是机械地呢喃，并没想到探查什么。

“和我老婆孩子一起，很久没去了，没想到难得去一次就会遇上你。你经常去吗？”

“不，就去过一次。”

“那真是太巧了。”

“嗯，是啊，好巧。”

Andy洗干净了眼镜，又重新戴上。转身朝小便池走去，显示出他刚才的耽搁其实只是为了和陆仁甲说说话。

陆仁甲感到全身的力气都被一下子抽掉了，而肌肉却僵硬得几乎不听使唤。他转身准备出门。

“嗨！”Andy扭头叫住他。

陆仁甲心头骤然一紧。

“好眼光，4.0分的女朋友。”

听到这句话，陆仁甲原本以为不会更绷紧的胸腔肌肉又骤缩了一半。然后他听到有一个声音问：“10分里的4.0还是5分里的4.0？”

Andy开始走向洗手池，陆仁甲能看到他脸上真诚无比的笑容。

“是GPA4.0，满分啦。”

“谢谢。”机械地走出门去，陆仁甲才发现这声音原来是自己的。

这一天夜里，陆仁甲的房间。电脑屏幕上播放着《罪恶之城》的结尾：布鲁斯·威利斯的剪影朝自己的脑袋开了枪。他想保护的女孩在走道里给母亲打着电话，踏进了杀手埋伏着的电梯。电梯门关上，杀手递过来一根香烟，有所察觉的女孩对电话说了句："妈妈，我也爱你。"

陆仁甲躺下身，开始了辗转反侧的一夜。

睡着以前他想到，他已经平安地坐了阿丙开的车，平安地从夏洛克手里领受了罚款单，平安地在掌声雷动的领导下工作了五天……让他把这个"平安排比"继续下去，直到可以当上平安保险的代言人吧。

只有那个老实青年SM的真名还不知道。最不可能的就是最可能的？疯子会是他吗？还是就在自己已经接触过的三个人中，而那个人只是还没有到最疯的时候？

睡梦之中，他像超级玛丽一样疯跑，沿途每个警察都朝他射击，每辆出租车都想撞死他，等他好不容易跑到公司门口，大楼背后有个哥斯拉大小的Andy喷着火冒出头来。

糟糕的是他没有被吓醒。

⋆ 2015年7月4日星期六

星期六的早晨，陆仁甲破天荒地换上一身运动装，出门跑步。他从来不喜欢运动，但也从来都重视身体对适当活动的需求。他从来不办任何健身卡，大学同学召集打球他也从来没去过，但他总会抓住机会增加自己的活动量，确保每天都把吃下去的那多余的六百大卡消耗掉。

跑步只是个幌子。陆仁甲只是微微出了点汗，就跑下了第一个遇到的地铁口。

在站台边等车时，他背靠在大方柱子上，等车停稳了，才让背脊离开广告牌。

下了地铁，他辨认了一下方向，才跟随人流上了地面，走进锦江乐园。

他冒险到这个明天就可能毙命于此的地方，不是为了提前赴死，而是为了提高自己生存的概率。

他买了包含六个游乐项目的门票，花了两个多小时把整个园区走了一遍，一个游戏也没玩。

但是他发现了自己想要发现的东西：在峡谷漂流、单轨脚踏车、波浪翻滚、魔术风车、摩天轮、激流勇进的旁边，都有摄像头。有些和设施安置在一起，有些隐藏在树木间，不起眼，但能掌控全局。

最后，陆仁甲走到了入口处附近的游客中心，上一次，他就是在这里的寄包处收获了他的“横财”，这一次，他要靠这里的某个房间避免他的横祸。

装作寻找厕所，他避开了工作人员的眼神，走进一条走廊。从一间小门门口可以勉强看到里面成排的监视器，它们证实了陆仁甲刚才勘察过的大部分摄像头地点，而负责监视的保安的呼噜声似乎在邀请人进去。陆仁甲凝视了一会儿，转身离开。

他走向走廊更深处，目标是这栋建筑物的配电间，网络接口也在那里。他要盗接这里的网络，好让自己可以代替懈怠的保安，监视这个游乐场的每个角落。

从电线丛中找到正确的那几根，把一个小盒子接上，一切用时不到五分钟。大三时，一个老师因为陆仁甲三次点名没到，给他吃了F。陆仁甲就用一个这样的小盒子，把他电脑上的聊天记录复制了一份，连同几张精彩照片一起贴到了食堂外的公告栏上，就在新东方和话剧社的广告中间。陆仁甲早预感到这次经验早晚还会有用得上的时候，但没想到这一次要用来救自己的命。

走出乐园，他又上了地铁，坐了四站，在徐家汇下了车。

“买电脑吗？”

“iPhone6s全新到货……”

太平洋数码广场里，陆仁甲靠着坚定的脚步和冷漠的神情，从围上来的推销员里杀出一条路来，直奔2楼。

“看清楚了哦？确实没有坏点。”店主正卖力地向陆仁甲展示一台显示器，陆仁甲却并没兴趣仔细看有没有坏点。

“能再便宜点吗？”陆仁甲冷冷地问。

“这都是白菜价了。”

“我要五台。”

店主一愣：“那我给你……我算算……”随后摁起了计算机。

“我还要一台UPS电源。”

“单位采购啊？”老板一边摁计算器一边指了指架子上的一款UPS电源，“这种好不好，供电十五分钟，八百五，我帮你发票开高一点。”

“我自己用。”陆仁甲早就想要一个备用电源了，尤其是现在，他可绝对不想在紧要关头再遭遇停电了。“有没有供电更久一点的？”

“更久？那可贵了。十五分钟存个盘够了吧。”

“存盘是够了，不过……”陆仁甲一时找不到措辞来解释。

“噢，我知道了，玩游戏刷副本是吧？”

陆仁甲愣了一下，随即回答：“嗯，对，玩游戏。”

陆仁甲面前的地上放着五台显示器和一个电源，等着出租车。

一辆“小众”停到了他面前。

“你先上吧。”陆仁甲让身后一个撑阳伞的女人先上去了。女人看了他一眼，奇怪多于感激。

陆仁甲上了后一辆车，设备没放在后备箱里，而是和他一起挤“坐”在后座，一路上他始终伸手护着它们，因为这是他现在的武器。

到家以后，陆仁甲花了两个小时做调试工作，终于把他的监视总部架设完毕。

现在五台新买的二十一寸显示器、一台原本台式机的二十五寸显示器和一台笔记本，构成了他的监视组。他在键盘上敲打几下，屏幕上拍摄的景色就随之移动、缩放起来。

掉落冰淇淋而哇哇大哭的孩子，肩带滑落而不自觉的少女，在禁烟牌子旁边大方地点起香烟的中年人，在摩托转盘上呼喊而过的人，都尽收眼底。陆仁甲简单地试了一下每个摄像头，就不再输入任何命令了，因为不想让乐园的保安人员看出问题。

最后他回到自己的笔记本前，开始调看之前的录像。没费多少工夫，他就找到了6月28日的记录。

很好，在16：30到17：00前后，海盗船旁的监视器拍摄到了游客中心的人群。

陆仁甲耐心地看了起来。

十八分钟二十五秒以后，他看到了Andy的身影。他身旁还有一个身材娇小的女人，穿着黑白画面看不出颜色的衣服，气质不错，怀里还抱着一个三岁大的孩子，活泼健康的样子让陆仁甲真想在别的视频记录里找找有没有他上魔法风车的影像。

让陆仁甲在意的是，Andy手里没有包。

16：48：25，Andy走进游客中心。

16：50：50，Andy走出游客中心。手里多了个包。

但那是一个双肩登山包。

陆仁甲正感到失望，接着就看到Andy打开它，拿出一个女式手袋递给妻子。之后他就背起了包，和妻儿一起走向出口。

陆仁甲真希望那时自己就能控制摄像头，让它跟踪Andy走向停车场。但他也知道，就算走回车里，Andy也不会再次打开那只大包，把里面的东西展示给任何人——包括他的妻儿看的。

他到底是不是那个掉包的人？

陆仁甲又把这段录像看了三遍，试图从包的外形上，分析出里面是不是装着他用五十万换来的60D，但结果证明这是徒劳的。

躺在沙发上的iPad播放着《土拨鼠日》，而陆仁甲在打电话。

“不，我不可能报警，什么都没发生，警察能查什么？没事的，我绝对不会去的，放心吧……”

让女人别无谓担心就好像让蛐蛐别叫唤一样，除非让她经历一次无可挽回的失败。尽管如此，陆仁甲总算能在不用听到哭泣的情况下挂上电话，结束这一天。

iPad上，比尔·莫瑞扮演的主角正在通过触电、撞车、跳楼，想把自己从不断重复的一天里解脱出来。陆仁甲想，幸好这个糟糕的星期六只用过一次。

⋆ 2015年7月5日星期天

星期天早晨9：13，闹钟响起。陆仁甲在听到第二声响的时候摁下闹钟，睁开双眼仰视天花板，等待身体苏醒过来。

他走进浴室，刷牙洗脸剃须，站上健康秤，67.9kg。他回到厨房喝下一整杯350毫升温水，然后走上阳台，做起了体操。

那些买来的防身器具静静地躺在角落里，他没有再练习它们的用法，因为他已经下定决心：今天绝对绝对不会离开房间一步。

吃完早餐，时间是9：45。按理这个时候应该静静等待，或者再做一遍检查工作，毕竟两个多小时以后可能会面临生死攸关的一刻。但陆仁甲此时却非常想看部电影。好像运动员在重要的比赛之前反而闲不住。

待看的片子有《大白鲨》《疤面煞星》《恐惧的代价》……最后陆仁甲还是选了《绿野仙踪》。

十一点刚过，西方女巫在屏幕上翻转了代表多萝西生命的沙漏，陆仁甲恋恋不舍地摁下暂停键，把网址加进收藏夹，关上了iPad。他要把带宽留给他的监视系统。

一个星期之隔，锦江乐园没有变成人潮汹涌之地，但那些姿态各异又面貌相近的人从七个不同屏幕里进进出出，仍很容易让人眼花缭乱。一个戴墨镜的胖子先从3号屏幕里离开，一会儿又出现在5号屏幕里，同样如此的还有两个染了一撮绿头发的青年，他们本身倒没什么可疑，只是易于辨认罢了。通过十几个这样的人，陆仁甲很快掌握了最流行的游览路线：4-2-7-1-3-5-6，或者1-7-6-5-3-4-2。

他还发现了一些现象：很少有人同时玩峡谷漂流和激流勇进，情侣必去摩天轮，带孩子的父母总是临走前才让孩子玩会把衣服弄湿的波浪翻滚，而能连玩过山车和魔术风车的一般都是女生。这些规律尽管没有一条提示他杀人犯的行动路径，但已让陆仁甲处于一种心跳平稳、呼吸均匀的状态中。把任何事情看作一种研究，就不会显得不可忍受。

当然他没有忘记正事，在蝙蝠侠手办旁边，桌上并排摆着几张照片，是躺在斑马线上滑稽可笑的阿丙、警官证上制服笔挺的夏洛克以及公司形象照里衣冠楚楚的Andy。摄像头像素不高，距离又远，从人群中辨认出这几个人来并不容易，陆仁甲提醒自己要忘却他们的穿着给人形成的外在印象，而要记住每个人最本质的神态：阿丙的大大咧咧，夏洛克的器宇轩昂，Andy的潇洒洋气，但要忘记这些词，而不放过那些让人联想到这些词的动作。

至于唯一没打过照面的SM，陆仁甲仅仅知道那是个青年人，可能就是染着绿毛，或者顶着板寸，可能肥胖得走路摇摇摆摆，或是瘦削得男女莫辨。从那些白衬衫、花T恤、黑框眼镜和帆布包的海洋里，陆仁甲无从辨认出任何可能是他的人。也许他苦心寻找的另外三位完全是清白的，一切危险都来自这个SM，但那也是他必须承受的风险。好在预告犯罪的发生还有一个小时不到，他正安全地躲在家里而非现场，虽然远离真相，却也远离了危险。

桌上有周致淑送他的加菲猫马克杯，里面有刚泡好的热咖啡，杯子右边倒扣着警用手电，桌角靠着那支AWP，因为形只影单而显得有点可笑。

陆仁甲的视线在七个画面间游走，时间就这样一分一秒地过去。他也不知道这样盯着看有没有意义，也不知道应该看多久，也不知道X会不会出现。如果他出现，也不一定会在十二点。谁说他就一定会守时？这不是一份到了正午十二点就可以轻松下班的工作。但反正也没有更好的活可干了。为了尊重神，星期天应该休息，但一个人为保住自己性命而做的任何努力，都不该被看作是工作。

这样零散地想着，陆仁甲感觉这开始像一个游戏了。在屏幕间寻找谁也不知存不存在、谁也不知是什么的异状，就好像“大家来找碴儿”；而关注某人从一个屏幕消失后，又会从哪一个屏幕出现，又有点像“连连看”。这种联想能暂时冲淡危险。但无论如何，他更喜欢过去的游戏，那种可以存档，可以读档，只要你够谨慎耐心，做错的每个决定都可以后悔，那种死了以后就骂句娘耸耸肩，静待一段时间原地复活的游戏。而不是现在的即时游戏，这个名为现实的版本，可没法复活，信哪个哥都不行。

时钟走到了11：57，陆仁甲坐直了身体，不希望自己漏过任何一个屏幕上传递的信息。他打算从最后两分钟开始操控摄像头，让它们把园区高效地扫一遍。这点时间，又近午休，应该不会引起保安的注意。

“来吧，听爸爸的话。”陆仁甲自言自语，手指已伸到了键盘上。

此时电话铃响起了。

是Andy。

如果陆仁甲确定了嫌疑人就是Andy，那他可以不接。但他不确定，而他想确定，好奇心抓挠着他。

来吧，怕什么，这又不是《夺命凶铃》，这里也不是会被狙击手瞄准的大街，陆仁甲看了一眼拉上窗帘的阳台，接起电话。

“Reggie，你在哪儿？”Andy的口气是再正常不过的对下属说话的口气。

我该怎么说？陆仁甲的脑子飞快地运转起来，飞过了十来个答案，其中两三个还很荒谬，最后还是决定老老实实回答。

“我在家里。”说出这句话让他冷汗直冒，但也有不入虎穴焉得虎子的勇往直前感。

“马上到公司来，上周给‘千度’的架构出了问题。”

陆仁甲瞄了一眼时间，即使他现在出发，也不可能在十二点整到达公司。于是，这只是巧合？出发去见Andy是安全的？

他才没那么天真。这很可能是引他出门的一个计策。而且谁说疯子一定会遵守时间，还有地点？

“对不起Andy，我昨晚开始发烧，拉肚子，上吐下泻，现在根本出不了门。”

电话那头沉默了一下，既像是在评估这番话的真假，也像是计谋被拆穿后的惊愕。

“不能克服一下吗？”这句话按Andy的风格已经算是赤裸裸的命令了。

陆仁甲假装犹豫了一下，其实斩钉截铁：“恐怕不行，Andy，我连站都站不起来。”他的声音也变得尽可能虚弱了。

对不起了Andy，职业生涯可以冒险，人类生涯可不能。

Andy还没有挂电话，看来还要纠缠几个回合。来吧，Andy，我不会让步的。

此时门铃响了起来。

陆仁甲条件反射地向大门走了几步，然后突然折返，在台式机前点了点鼠标，屏幕上切换到了门外的画面。而上面的景象让陆仁甲一下子呼吸急促起来。

一个穿着警服的人站在门外，戴着警帽，头低着，看不清面目。

“陆先生，你在家吗？”门外传来了上海话，夏洛克正是上海人。

他来干什么？！

“地点”根本无关紧要了吗？

“要是实在不行就算了。”电话里的Andy失去了耐心。

“等，等一下……”陆仁甲此时却不敢挂上电话了。现在，在电话那头的Andy是他和这个世界最直接的联系，也许听到一切的Andy会是他的救命稻草，或者，目击，不，“耳”击证人？

“我现在感觉好一点了，大概可以……”

“陆先生！请你开门！我知道你在家，电表在转呢！”门外的人很聪明，当然，电表这么明显的线索怎么可能瞒过夏洛克。

“什么声音？”Andy在电话里也听到了。陆仁甲正在考虑要不要对他和盘托出，告诉他自己就是白子，这次游戏里的另一个人要杀自己，现在他正在敲门？而风险是……门外是真正在执行公务的警察，甚至根本不是夏洛克，而Andy却是等着他自投罗网的那个疯子？

陆仁甲有生以来第一次陷入完全无解的进退两难之中。

而此时，在那五个显示器中的一个，连接着摩天轮边摄像头的屏幕里，一个身影引起了陆仁甲的注意。陆仁甲并非熟识这个身影，也没有用上什么推理和判断，那只是思维被门和电话牵扯光了之后，纯粹本能地映射出来的一种似曾相识。他几乎是下意识地，把手伸向了电脑。

屏幕被放大了，那个身影所乘坐的车厢缓缓上升，马上就要接近摩天轮的顶端，这条弧线让陆仁甲跟踪得很吃力。好在任何一个车厢到顶之后都有短暂停顿，在静止下来的画面中，陆仁甲在脑海中电光火石地找出了那个面孔。

那个水管工，几天前替自己修过水管的水管工。

此时，他正用右手从兜里掏出一个类似手机的东西，一边抬起左手看表。

现在是北京时间 11：59：50。

SM，原来不是 Sadism 和 Masochism，也不是 Spenser 和 Marks，而是 Super Mario，超级马里奥。那个吃下蘑菇就长了个子，顶碎砖头、踩踏乌龟的意大利胖子，马里奥，他是个水管工。

以上这一切都是陆仁甲在冲向大门的途中想到的。

他来不及想到扔掉手机，几乎慌乱得解不开门锁保险，但总算是在 11：59：58 打开了大门。

他冲出了家，拽了一手大门，同时朝走廊猛扑出去。外面的警察被他的举动吓了一跳，几乎站在原地没动。陆仁甲瞥了一眼他的脸。不出所料，那根本不是夏洛克。

推理成功的自豪感只停留了 0.1 秒，就被爆炸的气浪打断了。

爆炸的是陆仁甲的家。

8 病房

陆仁甲真正的家有一座天井，一头连接着奶奶的房间，一头连接着父母的。天井两侧，一面用竹篾做的篱笆围到两个陆仁甲那么高，隔壁人家饭菜的味道、吵架的声音，和夏天女孩冲凉时露出来的若隐若现的白花花的皮肉，都经过竹篾间的缝隙透过来。另一侧是另一户人家的砖墙，墙面上有一扇从不见打开的窗，窗下则有一根属于陆家的水龙头。

陆仁甲和老爸面对面坐在天井中央，老爸还不老，有和陆仁甲一样薄薄的嘴唇和坚实的下巴。如果没有老爸，陆仁甲很难正确衡量出天井有多大——它有一个大人躺下来那么宽，比两个大人躺下来稍短一点，蚂蚁从一头把饼干屑搬回另一头的巢穴，要十分钟多一点。老爸屁股底下的板凳，是一整套红木家具中仅剩的一件，陆仁甲则坐在一把塑料小椅子上，椅面上印着一只拟人化的母猫在教两只小猫钓鱼，鱼身本来是鲜红色的，现在已经剥落成了透明。

在两人中间，放着一张方凳，方凳上盖着一块三夹板刷上清漆做成的棋盘，两厘米厚，一面是楚河汉界，一面是三十八道纵横线。两种棋陆仁甲都会下，都学自老爸，但怎么学会的他并不记得。他只记得怎么学会的军棋，因为那盘棋他在劣势下早一步偷到了老爸的军旗，赢了。要到许多年以后，他才开始怀疑这是老爸让了他。

今天，是围棋的一面朝上，但他们既没下围棋也没下象棋。棋盘上放的是用铝合金加工出来的古怪棋子，样子和国际象棋里的车有点像，顶上贴着张圆黏纸，用彩色铅笔涂上了颜色：白、蓝、黑、红、绿，一共五个。

父子两人手里都捏着纸和笔，放在对方看不见的地方。

“用的是绳子。”陆仁甲思考了许久后打破沉默。

老爸点了点头。“那么，是谁杀的呢？”

老妈端着一盘切成小块的哈密瓜走进天井，和哈密瓜一样颜色的裙子边擦过膝盖，让人错认了她的年龄。她把塑料盘子搁在棋子们支起的平面上，好像知道儿子已经发现了答案，无须再从那些棋子上寻找线索。

“是……”

一只鸽子拍着翅膀飞到屋檐上，脚爪在锌板上留下的撞击声，好像陆仁甲把用细绳拽下来的乳牙扔上去时听到的一样。陆仁甲抬起头，看见灰尘里阳光刺破的路径落到棋盘上，五个颜色的棋子透过塑料盘子反射出朦胧的光芒，而每一块被牙签刺穿的哈密瓜上都有一张人脸。

“靠！”陆仁甲骂着人醒了过来。他的心跳很快，任何一个刚刚经历过爆炸的人，如果心还会跳，都会跳得那么快。

从梦中醒来，他首先意识到自己还没有躺进充满消毒水味道的病房，而是身处颠簸吵闹的救护车中。时间一定还没过去多久。能醒过来本身已经让他意外了，而这么快就醒来甚至让他惊喜。

喉咙里带着烧灼感，好像几十个钟头没喝水，喊出一个字已经是他的极限了。屁股有点疼，腿则又麻又冷，脑袋晕得像是没有拌匀就被塞进微波炉里加热的麦片粥，随时会有东西爆出来。他想抬手看看手表，发现动不了，不由得一惊。

“我丢了胳膊了。”他想着，这句话在他脑子里都没带惊叹号。然后他勉力压低下巴，才瞥见左手是在大腿和担架栏杆的缝隙间卡住了。

真他妈的太棒了！

活着的感觉真他妈的太棒了。

想完这些，他就像刚刚从马拉松跑回雅典的裴里庇第斯一样，闭上了双眼。

⋆ 2015 年 7 月 5 日星期天 晚些时候

日光灯照在雪白墙壁上的反光让陆仁甲睁开了眼。他发现自己侧身躺在病床上，右手、屁股和右腿都有地方在痒。痒底下还有痛，也有可能是痛在痒的上边，具体如何他分辨不清，因为管这些的脑袋还晕乎乎的。

眼前没有窗，但墙壁的颜色让人能感觉到已经是晚上了。被单散发着无机物的气味，却欲盖弥彰地让人联想到上一具躺过的肉体。

陆仁甲吃力地扭过头扫了一下病床右侧，那里和左侧一样空无一人，背景是一副拉起来的蓝色帘布，挡住了另一张病床。在帘布与病床之间，只有吊着盐水袋的不锈钢支架默然挺立。尽管理所当然，也让他有点失落。

陆仁甲生平只住过两次院，上一次还是在四年级割阑尾时。那次手术后的呕吐和高烧折磨了他一个星期，让他以后再也不肯在饭后两小时内做什么运动。一些有过这种经历的人会从此讳疾忌医，不到满地打滚不肯进医院，却从不肯少吃一块腌肉或多走两级楼梯。但陆仁甲变成了另一种人，那种不滥用抗生素，也不暴饮暴食，每半年去一次医院做身体检查的人。

所以这一切都还不算陌生。床头的呼叫按钮并不远，但他不打算去摁，只想继续睡一会儿。我活着，我安全了。我有很重要的事要想。但没有什么比我活着更重要了。我活着，我安全了。我只想睡一会儿，什么也不想，什么也不梦到。也许刚才我做过梦，只是忘记了。我活着，我安全了。

然而事与愿违。

“醒了？”

陆仁甲点点头，尝试性地“嗯”了一声，发现喉咙状况不错。

护士没再多看他一眼，手脚麻利地插针拔针，五秒钟就换完了输液袋。然后走向帘子后的另一半病房，陆仁甲都没来得及看清楚她的长相。但其实他更想看的是旁边床上的病友。一般来说，这是病人掌握自己情况的最好手段——看看跟你住一个屋的人是体重四十公斤的肝癌晚期患者，还是抱怨因切掉阑尾留下的伤口还在疼的壮硕少年。

不过插着吊针的右手不太灵便，拉开帘子也得找个理由。还在纠结这两个问题怎么解决的陆仁甲，闻到一股香烟和古龙水的混合味侵入了医院自成一体的气味版图，然后看到徐杰从门口走了进来。

“出去抽支烟你就醒啦！”徐杰脸上惊喜的表情略显夸张。

陆仁甲虽然还没完全恢复精确的时间概念，但觉得自己从醒来到现在绝对超过了一支烟的时间，除非徐杰抽的是雪茄，不然他这样说只是为了说明自己早已来过，而刚才只是不小心或必须走开了一会儿。可谁会因为这一点怪他呢？他能那么快（其实有多快？）出现，已经让陆仁甲很意外了。

一个温情的微笑、一声简单的“你来啦”是基友间常见的桥段。陆仁甲此刻也不是不能这么说，但话到嘴边就变成了“你穿成这样是来泡护士吗”，微笑也成了皱眉。

在房间里真有一个护士的情况下，陆仁甲还这么说，是因为徐杰穿了一件银灰色（绝对是银多于灰）的西装，式样跟猫王同台演出当然还嫌保守一点，但探望病人……加上条纹黑色长裤（它一定有一个陆仁甲不知道的款式名）和抹了过量发胶的头发，绝对是随时准备被狗仔队偷拍到探望孕妇的明星范儿。

“有没有良心啊你？为你我浪费了半岛的房间哎。”徐杰真的朝帘子那边的护士扫了一眼，然后就一屁股坐在床沿上。“约会到一半，Andy 打电话给我，我还以为‘千度’的事情出岔子了呢，谁知道是说你家里大概出事了。”

陆仁甲本想插话告诉徐杰，“千度”的事情确实出了岔子，但 Andy 为此只会找我而不会找你的。但他立刻转移了注意力。为什么 Andy 知道他家出事了？哦，对了。当时我们还在通话，他在手机里听到了爆炸声吗？

“明天关于你的新闻标题都拟好了：白领为拒加班，怒点煤气自尽。”

“煤气？”徐杰关于加班的玩笑他立刻就领会了，但煤气是怎么回事？

徐杰看了陆仁甲一会儿，笑了：“你不会到现在还不知道怎么回事吧？”

陆仁甲想，我确实不知道这一切是怎么回事，你能告诉我吗？

“你家煤气爆炸了！轰隆！恰好这个时候有个警察来敲门让你离开房间，真是走运到家了！”

原来他们以为这是煤气爆炸。

谁说不可能呢？也许SM就是把炸弹装在煤气旁边的，也许那根本不是炸弹，只是个简易起爆装置，塑胶材质，一经燃烧很难让人辨认出来。而谁又会去仔细辨认呢？警察的反恐小组吗？本来保险公司做这件事最为合理，但他压根儿没想过买财产险，真是白看了这么多年的“三星火灾杯”。

对了。

“那个警察怎么样了？”

“救护车把你们一起送来的，”徐杰放低了声音，“好像伤得比你重。”看到陆仁甲凝重的表情，他又加了句，“但也没什么生命危险。”

他以为我只是担心连累死了个警察闯祸呢，其实我只是想知道为什么刚好这时候会有个警察来敲门。不过这没必要让徐杰知道，所以陆仁甲转移了话题：“你又知道我的伤重不重了？”

“当然知道，刚才大夫都说了。都是什么擦伤、挫伤，好像最长的伤口才6厘米。有个中度脑震荡……”

“还需要观察。”接上话的是刚走进门的大夫——很年轻，金丝眼镜，鼻梁高挺，细腰长腿，像是从日本漫画里走出来的。陆仁甲首先看了一眼他胸前的姓名牌：杨思克。不记得见过这个名字。

徐杰机警地站起身，往外挪了挪。

“头感觉怎么样？”大夫走近问。

“有点晕。”

大夫掏出一枚小手电照着他的眼睛，指挥他上下左右地看，一边继续向他说明伤情。伤情并不复杂：中度脑震荡，是否恶化还待观察；全身多处擦伤和挫伤，集中在身体右侧，主要是被木头碎片划伤的，伤口最长的6厘米，最深的0.5厘米，没有主要血管流经，用不着缝针，更谈不上做手术了，但清理木刺费了挺大工夫。

大夫每说一项，徐杰就在一旁做出一次“看我说得没错吧”的表情。

幸好我关上了门。陆仁甲想。下次我应该买一扇实木的。不，也许实木的炸起来更像弹片。重要的是，还有下次吗？

大夫察觉到陆仁甲的片刻出神，颇为负责地皱了皱眉，逼得陆仁甲立刻眨了眨眼睛，证明自己大脑正常，以免被画蛇添足加上点什么药。

“没什么问题。”大夫好像是第二遍说这句话，这次语气里不含宽慰。陆仁甲这才意识到，这是又一次暗示了他其实并不需要住院。

不，我需要住院。我的公寓爆炸了，虽然不知具体情况有多糟，但就算还能住，我也不想住那里，以免那疯子把没干完的活干彻底。

陆仁甲刚想这么开口，徐杰就替他说了。

“还是让他住几天吧。”

大夫犹豫了一下，这让陆仁甲想起被呆瓜顾客还了价以后心中暗喜的小贩，“好吧，多观察观察也好。”

大夫在床尾的病历卡上刷刷写了几笔后离开了，没有提及任何关于费用的话题，想必并非因为金额微不足道，而是他和护士长各有分工。

“Andy希望你好好休息几天。”医生走后，徐杰重新坐下说，

“我跟他汇报的时候，他好像真觉得你碰到这事情和他找你加班有关系似的。”

还真是……不，得感谢 Andy。如果不是 Andy 打来电话让陆仁甲高度警觉，也许他就会浑浑噩噩地傻看着屏幕，静等着别人把自己炸死还浑然不觉。

“总之老板不想你上新闻，你就正好赖着吧。”徐杰起身准备离开，指了指病床边的柜子，“你的东西都在里面了，手机也在。我把备用充电器留给你了。有事 call 我。”

“谢谢。”陆仁甲抬手打开抽屉，看到了自己的手机，保护壳上摔了道白痕，屏幕一点没事。划开保护锁，他看到了十二个未接来电。

十二个来电都是同一个号码，周致淑的。

陆仁甲条件反射地想立刻回电，抬头看了一眼徐杰。

徐杰却好像误会了，解释说：“我怕吵着你。帮你调成了静音……”两秒钟后他才明白过来，笑了，“怕不合适，没替你接。我走咯！ Bye！”

“Bye！”

陆仁甲仔细回想了一下，同事三年，徐杰还从来没这么可爱过。

⋆ 2015 年 7 月 6 日星期一

第二天早晨七点零九分，护士进来发体温表的时候，陆仁甲虽没闹钟，却也醒了。除了因为昨天的经历给他的疲劳还不如惊吓多，还有就是周致淑说要一早来看他。如果不是陆仁甲花了十分钟来保证自己确实没大碍，她半夜就过来了。

父母离去以后，陆仁甲用很短的时间适应了靠计算精准的日程表填满生活，来忘记一些并不重要的需求，现在他有点重新回想起了其中的需求之一——有人关心的感觉。

身处病中，可以原谅。

为免自己变得更为松懈，三分钟一到，他就抽出了体温计。三十六度九，果然把点滴速度调到每秒一次，他就完全没了热度，昨夜的低烧不过是输液反应而已，完全不用担心。陆仁甲几乎想摁下铃召唤护士来分享这份成就，但想想还是不要那么严谨苛刻，她很快会自己来的。

三十秒，一分钟，一分十五秒……

然而走进来的不是发给他体温计的护士，也不是周致淑，而是一个陌生男人。

陆仁甲全身的神经骤然紧绷起来，所有好莱坞和香港电影里杀手在医院枪杀、刺杀、闷杀或者仅仅拔掉氧气管灭口的桥段一起涌入他的脑海，缠绕着不分彼此。此时此刻如果他的伤势重到医院给他加了心率监视器，在屏幕上一定能看到一个夸张的数字，比点滴的速度快得多。陆仁甲几乎要动手去摁那个后悔没摁的呼叫铃，但仅存的理智告诉他：这根本来不及起到什么作用，还是看看再说。

于是他看了看。

来人大概四十岁左右，穿一身浅灰色夹克，竖条纹衬衫束在腰带里，身材相当壮实，头顶微秃，一只眼睛里有些血丝，下巴上的胡碴并不干净，身上透露出这种气质：我娶了个跟我一样大的老婆，她迷恋网游，每天除了升级打怪，啥也不干。进门时他的两只手都插在裤兜里，身上烟味浓烈。

在对方问出“你就是陆仁甲”以前，陆仁甲已经下意识地点了点头。

对陆仁甲的反问，灰夹克并不啰唆，直接从上衣内袋里掏出一张证件晃了晃。陆仁甲看清了上面的警徽，才恍然大悟这种事情原来真的跟电影里的差不多啊。

立刻开口解释，或者控诉，还是等待提问？在陆仁甲犹豫间，来人已经拉过一把椅子坐下了。

“你家煤气炉用了几年了？”灰夹克语气里的怪责之意比问题内容本身更让陆仁甲意外。

“什么？”

“听不懂啊？煤气！”

“三年……”陆仁甲机械地回答，“零六个月……”见对方表情并无缓和，又徒劳地补充了句，“搬过来就用了。”

“三年半了都没事，偏偏有警察来敲门就爆炸了？”

陆仁甲听到昨天徐杰对这件事的认识，也想到这可能是常见的误解，但没想到警察会拿这种误解来怪自己，正想开口解释，却突然闪过一个念头：这真的就是警方的疏忽吗？有没有可能是一只无形的手把真相掩盖了呢？尽管只是一瞬间，也足以让他把刚要说出口的“你们没看出来这不是煤气爆炸吗”换成了“我没有……这不是……”。

“我知道你不是故意的。”灰夹克嗤笑了一声，“自杀只有吸煤气的没有点煤气的。”说话间他从口袋里摸出一包烟，但想了想又放了回去，不知是因为这是病房，还是因为讨论的话题让他产生了不好的联想。

“我没要自杀。”陆仁甲镇定下来不卑不亢地说。

“知道你没要自杀，你是要杀人。”

“啊？！”陆仁甲这下真的大吃一惊了。但至少这种惊讶任何人都看得出来，出自无辜者突遭指责，而非心里有鬼。

灰夹克又笑了一下，这次表情更缓和了。“不杀人你买枪干什么？”

陆仁甲想起了那支竖靠在桌子边的AWP，发现这问题一言难尽，只好先表明：“那不是真枪。”

“废话！真枪我还不认识！”灰夹克板下脸来骂道，但眼里的得意神色更浓，“我早跟小顾说，那多半就是个仿真枪，用不着大惊小怪。结果他不信，非要跑到你这霉星家里查，结果中奖了！”

陆仁甲此时才渐渐把握住头绪。看来那个来敲门的警察，就是“小顾”了。而他来敲门是因为我有枪？

“是谁说我有枪的？”

“怎么，你还想报复证人！”

“没有没有没有……”不用问了，肯定是对面楼里哪个烧菜不专心又胆小如鼠的八婆。

“小子！”灰夹克明明是南方人，只是说“子”的发音却像极了

“贼”，“算你走运！你那点事说大不大说小不小，连累警方受伤，要不是看你在住院，至少拘留三十天！”

陆仁甲对这种恫吓倒不怎么介意，他感到失望的是警察也完全把这当作了意外事故。他该怎么向人解释，其实这是有人在他家里放了炸弹？

谁放的？一个水管工……

他怎么放的？在他给我修水管的时候。

你知道有炸弹怎么还让它炸？因为我是刚刚才猜到的。

不行，这样的回答太没说服力了，显得像是脑子被震坏了的疯子说的……等等，说不定更像一个被谋杀一次还嫌不够的傻瓜说的。

陆仁甲还在踌躇，灰夹克已递过来了一张纸，上面印着“行政处罚决定书”。

持有仿真枪？违反治安管理条例？罚款两千元？

陆仁甲在头脑里刚画完这三个问号，就已经完全不想辩解了。因为另外三个问号挤了进来：真有那么巧？难道这不是疏忽，而是有人掩盖了真相？

陆仁甲一个问号都没有问出口，灰夹克就走了，甩下了一句“一星期内到警局去缴罚款”。

他该自己去缴，还是请她代劳？

这个“她”当然是周致淑。她知道他的事了吗？

病房的卫生间竟然是整个医院里“医院味”最淡的地方。一定有很多人因为察觉到这一点，曾试过捧一本杂志或一个平板电脑，尽可能久地躲在里面。好像把门一关，就能把化验、输血、并发症、截肢、穿刺、加号、植入、搭桥、CT、增大、化疗、手术、复健、转移、流质、医保这些折磨人的词和它们代表的一切关在外面。而当陆仁甲上厕所时，被关在外面的东西还多了几样。

当他重新出来时，就得重新面对它们。而让人惊喜的是她来了。

他喜欢她进屋的时候一言不发，先走过来，不是跑，不是扑，而是小步快走过来给了他一个拥抱。

他还喜欢她知道他喜欢。

“医生怎么说？”周致淑的第一个问题是关于他的健康，而非解谜的结果。这也让人喜欢。

“没事，他觉得我可以立刻出院。”

“还是别……你家里怎么样？”

“我也不知道……也许应该让警察拍张照给我看。”

“你报警了？”

“没有。”陆仁甲从抽屉里拿出了那张行政通知书，“他们自己来的。”

周致淑低头看了半分钟，好像检验假币般捏了捏，抬头看陆仁甲的眼神让他这下相信她是个幼儿园老师了：“枪？”

“塑料的，买着玩。”见她还在看自己，陆仁甲补了一句，“要是真的哪儿会罚款这么轻。”

“你在电话里说有个警察受伤……”

“对，就是中午他正好来了，我跑出去的时候他还在，也被炸到了。”

“天哪。不严重吧？”

“应该不严重，要是严重，估计我就算昏迷也会被他们铐起来。”陆仁甲笑了笑，“不过，说不定这样他们就会好好查查是不是煤气爆炸了。”

周致淑一脸严肃地问：“要不要我去把他找出来干掉？”

他喜欢她的幽默感。

她知道他喜欢，把嘴唇凑了过去。

亲吻过后，男人说的第一句话一般有点煞风景，而这次换成了女人。“你打算什么时候报警？”

陆仁甲沉吟了一会儿，好表现自己经过了慎重考虑：“我想还是不要报警了。”

“为什么？”周致淑显得非常意外。

“警察不见得都可以信任。”

“那个夏龙一你不是查过了吗？”

“不是夏龙一的问题，我怕还有其他人参与。”

“仁甲，”周致淑正了正身子，直视着他，“你这是被害妄想。”

听到这个词陆仁甲笑了，作为回应，他指了指耳朵底下的一块纱布：“你管这叫‘被害妄想’？”

这个动作激起了她的母性，让她在纱布上亲了一下。但没有打消她的疑虑。“我还是觉得你需要保护。”

“是的，不过我不觉得报警会是个好的保护手段……也许恰恰相反。”

“怎么说？”

“我把情况都报告给他们，他们就能抓到X？我很怀疑。”这么说有点道理，游乐场监控录像拍到的图像肯定不足以抓人，何况陆仁甲还得解释监接录像的事。从水管工这个职业入手也多半没有结果，愿意那么大费周折的人不可能在物业办公室留下什么记录。

“而且他们那个破系统根本不保险，想想看，我自己就在那里查到了夏洛克。”陆仁甲有点夸大其词，其实警方的系统没那么好破，而发现夏洛克也借助了很多信息，“X很可能也会看到，还发现我知道的一切。”

“那又怎么样？他本来就要杀你。”

“他本来不一定要杀第二次！”陆仁甲不由自主抬高了嗓门。关系到性命，被人指出危险总是让人不爽的，尽管关于安全的希冀未必是一场幻想。

周致淑冷静地指了指布帘子，示意他小声点。

天哪，这女人真是上帝派来的。

陆仁甲收敛了声音和心神。“也许X是个有运动家精神的疯子。”说出这话来他自己居然不觉得可笑，“失败了就会坦然接受，也许还等着下个星期继续游戏。但如果他察觉到有人威胁到他继续娱乐的权利，可能就不会那么‘温和’了。”

温和？你疯了吗陆仁甲！用这种词来形容一个在你家里安了炸弹的人，活像失身后爱上强奸犯的脑残少女。他知道周致淑脑子里有一部分会这样看他，就好像他自己脑子里的一部分一样。但他脑子里还有另一部分，叫作直觉的部分，觉得这并非无稽之谈。

“那你打算怎么办？”周致淑看他的眼神好像在癌症患者面前隐藏忧虑的家属，“还去玩那个游戏吗？”

“当然不了。我就像小乌龟一样躲在壳里，看看超级玛丽会不会来踩第二脚。”

在女朋友面前把自己比作乌龟，对一个男人来说说明了什么？陆仁甲不知道，只知道自己很认真。

午饭时间是十一点十分，由徐杰——其实是公司——买单请来的护工端上了餐盘，菜色让陆仁甲有点后悔自己对周致淑说了那句“我还是吃医院食堂吧”。

Andy打来电话问候是十二点零三分，正是午休时间开始后的三分钟，电话持续了一分二十八秒，“工作”一词只出现了一次，还是跟在“你别担心”之后，没有开玩笑，没有笑。Andy一定觉得这已经足够体现关心，又不至于过分殷勤引人不适。陆仁甲从他那儿得知自己家被破坏得不多，为免失窃，有保安负责监控楼道——没准儿他们还没发现他自己之前监控得更好。

打完所有的吊针是一点十五分，速度虽慢但让人安心，也让陆仁甲起了睡意。

晚饭是晚上五点二十七分，在那之前半小时陆仁甲才醒来。他的胃久经考验毫不挑剔，但也得经过一番鼓励才能应付这超级寡淡的饮食。

第二次量体温是六点四十五分，好在饭后留出足够时间，但对有些胃口好、吃饭快的病人来说根本没有必要，比如陆仁甲的室友。这家伙是个起码一百八十斤重的大块头，站在平地上应该有一米九，一张比身形更胖的脸让人猜不出年龄，脸上倒没写着“生人勿近”，但也没主动跟陆仁甲打招呼。而等陆仁甲就着难以下咽的烂糊肉丝想好了搭讪话语，他却已鼾声大作地睡着了。

直到护士到来，给两人嘴里插上体温计，当沉默纯属被迫，他们反而用眼神进行了交流。大块头举起电视遥控器轻巧地冲陆仁甲摇了摇，陆仁甲微笑着摇了摇头，于是大块头继续把换台键依次摁了下去，两次摁键的间隔不到一秒，显示出他智商不低，或者耐心不好。

很快他就把一百二十个台顺了一遍，然后摁下两个数字，调回了一个正放着历史纪录片的频道，就此没再换台。这给陆仁甲留下了不错的印象，因为纪录片，也因为他的记忆力。三分钟应该到了，护士适时地进来。

“三十七度。”

“三十七度五。又上去了吗？”

“我体温正常就是三十七度五。”听到护士似带责怪的语气，大块头嘟囔着争辩，好像对方真的在乎。

“三十六度五到三十七度五都是正常体温。”陆仁甲没什么跟陌生人搭讪的经验，不知道从生活小常识开始算不算及格。

瞪了他一眼的护士显然不这么想：“都那么厉害怎么不自己看病啊？”

陆仁甲只好先不作声，等她走了以后，才和大块头交谈了几句。大块头名叫林志镐，对“镐”字写法的解释暴露了两人都看一点围棋。林志镐同学是个数学在读博士，住院的原因是换电灯泡的时候摔倒，千不巧万不巧被碎灯泡割到动脉。

“送到医院的时候，他们说我血都快流干了”。陆仁甲想到“换一个灯泡需要几个普林斯顿大学学生”的段子，心想大块头兴致勃勃地说出这个故事，一定以为自己已经够极品了，如无必要，还是不要把自己的故事拿出来扫兴了。

可对方偏偏还是问了：“你是为啥？”

“煤气爆炸。”

“煤气爆炸？”果然，光“煤气爆炸”四个字已经够让一般人惊讶了，“看你伤得还好嘛……那个，炸得怎么样？”

炸得怎么样？这是在说鸡翅吗？

“不知道，我还没回去看过。”陆仁甲发现自己颇没出息地想到了那五十万现金不知道是不是还在卧室那只塞满了书的圆筒凳里。警察如果发现了这些钱，会多怀疑点这不是简单的煤气爆炸吗？

不会。陆仁甲对自己说。他是那种更愿意相信“如果警察发现了这些钱，它们就没了”的人。

林志镐总算延续了不迟钝的良好表现，察觉到陆仁甲不喜欢谈论这个话题，把好奇的视线移回电视屏幕去了。

陆仁甲一直很难相信历史纪录片居然也能插播广告，确切地说，居然有商家愿意投放这个时段的广告。几秒钟之前刚被帕特农神庙、西斯廷天顶画或复活节岛巨像震撼过的人，怎么可能会对任何五十年后的人挖到只会当垃圾扔掉的东西感兴趣呢？不过等看多了这些广告他也就明白了。

既然有些人了解历史不是因为感兴趣，而是为了谈话时给肚子里的成功学找点佐料，那么这些人大概真的也很需要买几瓶代表至尊身份的烈酒、白酒或者红酒（天哪）在书架上摆一摆，省得有手贱的客人发现那些英文精装书连边都没有裁，或者干脆是个空壳。

手机短信铃声适时响起，减少了刚才话不投机带来的尴尬，陆仁甲本已准备好看到周致淑的头像闪动，却发现一行从来没看过的字：号码已隐藏。

在手指点开短信到屏幕反应过来的半秒内，陆仁甲大脑皮层的某个神经元哼出了一个不祥的音符，半秒钟之后，它的数十亿同胞加入了合唱。

短信是这样的：

Level up！恭喜你获得升级！ ：P

9 电视里的木偶

陆仁甲不自觉地抬起身，似乎这样能把直冲大脑的血液阻遏一下，他紧盯着手机屏幕，阅读接下来的文字：

游戏 EC5438902852473519 已开始。

When：今天晚上。

Where：三里屯。

Who：程铭道。

请回复短信回答：

What?

什么人搞的恶作剧?

陆仁甲很遗憾，这只是自己的第二个念头，而第一个念头让他毛骨悚然。

不过，在这只有两人的病房里，灯光把点滴瓶的影子投到他的床上，电视机开着，走道里有小孩子互相追逐的吵闹声，二十分钟后他会打完点滴，明天女朋友会来看他……这些充盈的现实感，让陆仁甲产生了妄图忘记第一个念头的野心。

然后电视里播放了一条白酒的广告，陆仁甲没看屏幕，却能听见影帝程铭道（对！就是他！）仿佛浸过酒精的磁性嗓音。

5W 游戏只是在网站上，从来没听说过手机版。而且这个执行人程铭道算是怎么回事? 这根本不是我那组的人。而且这种大腕儿没可能玩这种无聊游戏吧?

所以这只能是恶作剧，来自一个知情的人，比如……周致淑。可就算是来自超级玛丽的恶作剧，那又怎么样? 他没有踩第二脚，只是来打了声招呼。

应该不予理睬。

等等，何不向 SM（如果是他）把藐视表现得更积极一点? 何不向周致淑（如果是她）证明她的男友很有胆色，更有幽默感?

屏幕上的程铭道已经用产品特征诠释完了自己名字的最后一个字。陆仁甲则在一个更谨慎的念头未来得及冒出来之前，就输入了“喝酒打架”四个字，点击了“回复”。

接下来的两分四十七秒过得无比漫长。陆仁甲之所以知道这么精确的数字，是因为两分四十七秒后来了第二条短信。

仍然来自“号码已隐藏”，内容则是：

游戏EC5438902852473519内容已决定。

When：今天晚上。

Where：三里屯。

Who：程铭道。

What：喝酒打架。

How：用酒瓶。

陆仁甲放任自己咧出牙齿一笑。不错，有板有眼。不过从什么时候开始，非执行人也能在事前看到游戏内容了？这算是升级以后的福利吗？

在关掉短信之前，陆仁甲看了一下时间。

跟上一条比较了一下，他注意到EC5438902852473519这串超长的编号一模一样。更重要的是时间，第一条短信是19：00发来的。陆仁甲几乎都忘了这是自己每周原本固定参加游戏的时间。

不错，像模像样。

不过实际上游戏开放的时间要早三分钟。这个细节他可没跟任何人说过。

但无论如何，如果这真是周致淑想出来的新玩笑，可真值得表扬。

★ 2015年7月7日星期二

七点十分，护士进来发体温计，比昨天只晚了一分钟，看来这是常年习惯，只会因为一路上的病人多寡稍有不同。

七点三十九分，是早餐时间，比昨天早了五分钟。

在量体温时，林志镐已经打开了电视，吃饭时自然也没关。

"大运会，咱们派去的都是大学生吗？"

"一个要登岛一个不准，这小日本是不是唱双簧啊？"

陆仁甲随便附和了几句。没有警察的打扰，他的胃口也没有比昨天更好，这证明了确实是医院的伙食别具一格。平时他已经严格控制食盐的摄入，但跟这里的调味比起来，显然还是太放纵了。

新闻在第二轮广告以后进入了娱乐时段，《我要上春晚》被作为央视招牌隆重介绍。虽然已经有五六年没看春晚了，陆仁甲还是可以理解这节目的标题对许多人来说是何等诱人。但以此为代表的所谓"娱乐"新闻实在是一点也不能让他感到被娱乐了。

要看新闻，不如打开手机，点下网易新闻客户端。有评论，更快速，而且偶尔有些电视里不会被报道的，比如——

昨夜，著名演员程铭道在北京某酒吧因涉嫌斗殴遭警方拘留，事件中有两人受伤，目前斗殴原因仍在调查中……

陆仁甲小心翼翼地把嘴里的一口稀粥咽下去，才开始允许自己震惊。

不用调查了，斗殴原因是我在一条短信里写了这个！

如果自己这样大叫起来，会不会被转到精神科去？陆仁甲头脑里的疑问如泉涌般纷乱无比。从六岁接触第一本天文学书籍以来，陆仁甲的思绪就从没有这么混乱过。

程铭道也玩这个游戏？一开始就是我组里的玩家，还是我升级了才可以跟他一个组？他就是X，SM只是个喽啰？他是为了整我才跟我开玩笑？因为他认识周致淑？不惜把自己闹上央视新闻？他们有一腿？5W本来就是个富人玩的危险游戏，好像很多好莱坞电影演的那样？手机来电号码不显示真是小菜一碟，他们还能干什么？比如给我的输液袋里加点料？致幻剂？这些都是我昨天做梦做出来的？

这些疑问颠三倒四，一个重叠着一个在他脑子里碰撞，有些还不甘寂寞地重复冒了好几次，但只有最后一个得到了回答——打开手机短信记录，仍然能看到自己昨天手输的“喝酒打架”。陆仁甲盯着这几个字看了许久，几乎有点遗憾这不是白纸黑字可以核对笔迹。

老爸说过，当脑子里都是念头而没有思路的时候，应该睡一觉，等精力充沛了，再拿出纸笔理清一切。但是老爸，换了你你能睡着吗？

陆仁甲努力在意识雨林里给自己迷路的大脑砍开一条路，却进展甚缓。最后，在被横生的荆丛挂住之前，陆仁甲的头脑只可怜兮兮地想到了两个主意：

一，应该尽快找个人商量。

二，应该不跟任何人商量。

该死的是它们互相矛盾。

好在在周致淑晚上来探望之前，他还有好几个小时。

“今天有什么情况吗？”这是周致淑进门的第一句，但她脸上可不是鼓励孩子发言的幼儿园老师的表情，而是自然而然的担忧。

“没什么，体温降下来了，明天开始不用打消炎药了。”陆仁甲的心不在焉并不自然。

“我不是说这个……”周致淑说到这里压低了声音，看了一眼隔壁床。林志镐相当乖觉地把电视频道调到了音量更大的综艺节目。

“没事啊……你去我家看过了没有？”陆仁甲扯开了话题。但他自己没有也不愿意识到，这其实并非谨慎，而是对危险的莫名恐惧让他选择了闭口不提，好像羚羊对猎枪视而不见，假装它并不存在，假装它只是个玩笑，扳机扣动时只会有“噗”的一声，从枪口里飞出木塞和彩带来。

“还没来得及去，一会儿我就过去……需要我给你带点什么？”

“嗯，如果行的话帮我带台电脑过来吧。”

“哎，说你什么好。”这一次周致淑的表情与其说像是抓住了调皮学生的老师，毋宁说更像一个母亲。这让陆仁甲几乎脱口而出：“算了，我不要电脑。你一直陪着我就好了。”好在他悬崖勒马，意识到卖个萌、秀个温馨的微笑也很不错。

此时，短信提示音又响了。

“女同事发来的啊？”

周致淑话里开玩笑的语气很明显，但陆仁甲还是几乎紧张地发出了颤音：“没有，广告。”

可是几乎在点开短信之前，他就知道那不是广告了。

游戏 EC5438915782348976 已开始。

When：明天下午一点。

Where：工作场所。

请回复短信回答：

Who?

“回复”前面是一个“请”字，不是“必须”，没有命令。但如果你买来一打凤梨罐头，打开一罐却发现里面是榴莲，而你的反应是立刻去找商家退货，而不是再打开一罐看看里面是什么，那么你就不是陆仁甲，甚至也不是个男人。

所以在陆仁甲的脑海里，现在唯一考虑的是该回复什么。

这次是指定Who，执行人。但范围是什么？还有谁参加了游戏？ SM、夏洛克、阿丙和掌声雷动已经out了吗？现在是程铭道和他的朋友们吗？还有谁？所有人都参加了游戏？还是不管其他人参不参加游戏？那这岂非是……

冷静下来，想想已经知道的事。可我已经知道了什么？程铭道是幕后黑手？一个帮凶？一个内心空虚所以陷入疯狂的名流？还是一个受到胁迫的无辜者？甚至最不可能的，“如有雷同，纯属巧合”？再写一个谁？杨幂吗？王宝强？还是登月的阿姆斯特朗？话说他还活着吗……不，无论在他们身上再发生些什么，都只能排除“巧合”这一个答案，一点也不会更靠近事情的真相。我需要一个了解的人，能掌握其行动的人。比如……

比如周致淑。

像所有男人一样，陆仁甲天生就会一副其实什么也没在听的最佳听众表情，当他的手指依次触动键盘上的z、h、o、u、z、h、i、s、h、u时，他就是带着这样一副表情看着周致淑，词语记忆功能甚至让他用不着分出眼角的余光来选字。

他就要知道一切是怎么发生的了。他们会怎么干？塞一个锦囊给周致淑告诉她如此这般？给她一大笔钱？还是打一个诈骗电话，说服她相信不扮成兔女郎到天台上跳舞就要倒霉十年？又或者，像《死亡笔记》那样，某处的一本神奇本子上被写了几笔，人就被完全控制了？不，陆仁甲喜欢漫画，但还没到分不清喜欢和相信的程度，他可不是海扁王。也许，只是简单地发一条短信给她？

这个戏剧化的念头，让他延迟了一会儿向周致淑和盘托出：我遇到了这样一件事，看起来是游戏的延续，我把Who填成了你，让我们一起解开谜团吧。他本打算立刻这么说的，并且尽量语气轻松，以此消解掉他直到此时才意识到（也可能是故意忽略了）的危险。但现在他只是看着周致淑施展削一整个苹果不断皮的本事，留心听着她的手机铃声会不会响起。

铃声响起了。

但不是她的，而是他的。

短信菜单还是把他带去了与“号码已隐藏”的对话。有点奇怪的是他并没有第一眼就去看新的短信，好像收到信用卡账单的人费半天劲用裁纸刀把信封裁得小心翼翼，只为拖延一点看到那个绝望数字的时间。陆仁甲徒劳地在旧短信和“号码已隐藏”那几个字上逗留了片刻，直到一切都显得做好了准备。

> 游戏 EC5438915782348976 内容已决定。
>
> When：明天下午两点。
>
> Where：工作场所。
>
> Who：周致淑。
>
> What：害死人。
>
> How：因为疏忽。

当“死人”这个字又一次在这个跟打怪、PK有关，关键是无法复活的游戏中出现时，他才发现自己永远都不可能“做好准备”。

害死人？

因为疏忽？

过失杀人？

她？

怎么可能？

怎么不可能？杀人她不会，但既然是过失杀人，就很难保证了。杰克逊的私人医师是过失杀人，有人认为没能预测出拉奎拉地震的意大利科学家们是过失杀人，诸葛亮斩了马谡、崇祯杀死袁崇焕都可以说是过失杀人。

这对一个随便挥霍现金，在别人家里装炸弹还能蒙蔽警方双眼的人或组织来说，根本一点都不难办。既然他们能让程铭道主动或者被迫用啤酒瓶砸人（说不定还是打碎了捅人），一个幼儿园老师当然有可能端给小朋友一杯牛奶，其实里面却倒了氰酸钾。她甚至都不用被逼迫！

也或许过失杀人是指一种蝴蝶效应似的东西——因为你今天没胃口点了不含生菜的麦香鱼而不是巨无霸，某个穷乡僻壤的不知名菜农因为对生活绝望而自杀了。

如果真是那样就好了！

但陆仁甲知道，很可能不是这样。所以他不敢在周致淑说“短信一条接一条嘛，花头不少啊”时回答她真相。这种问题，已经不是“我忘了”或者承认愚蠢可以解释的了。

他只有不解释，不揭穿。形势为他选择了答案：不跟任何人商量。

但在这样的危机时刻，他必须做点什么。

所以他调匀了呼吸，放松脸颊的肌肉，做出了一个尽量温柔的微笑，说：“明天接我出院吧？”

“嗯？”周致淑有点吃惊，“你没事了？”

“本来就没啥事。”陆仁甲意义不明地挥了挥手，消除了紧张导致的微颤。

“我还没去看过你家……”

“没事，先住酒店好了。”

“为什么那么急啊？”

陆仁甲靠笑容撑过了想答案的时间：“再不回去上班，我们公司该倒闭了。”

“好嚣张啊你！”周致淑也被逗笑了。

“明天别去上班了，来接我出院好不好？”陆仁甲柔声问。

“你是说，陪你……去酒店？”周致淑的声音也小了很多。

帘子那头的林志镐这次没有再把音量调更高。

陆仁甲虽然完全没想到一起去酒店这茬儿，但此时此刻，也只能顺着情境，努力调整自己的表情，把头点得尽量别有深意。

看来是成功了。周致淑在他的凝视下低了头，用比他想象中响的音量说了声：“好。”

这就是所谓的攻上本垒？因人成事的陆仁甲队员，看来有人刚打了一支长安打，帮你直接跑过了三垒。妙的是打出这一球的不是什么队友，而是刚想要你的命，现在又想要你的女朋友欠下人命的家伙。这就是所谓的塞翁失马？

在还清点不出得失的时候，就先好好享受所得吧——这是陆仁甲二十七年的人生经验。

* 2015年7月8日星期三

这个早晨，护士没有再给他体温表，也许因为他已经好得让人无须担心了，但陆仁甲更相信是因为他今天要出院了，毕竟这里可不是能把“欢迎再次光临”挂在嘴上的地方，服务差一点情有可原。

但早餐仍然在七点四十三分来了，好像多坚持一顿也能把今年的每日食盐摄入量拉低一点。古人说“晚食以当饱”，而这里的三餐都很早，做成这种味道，实在很需要一副病体的配合，才能让人不生馋痨。

昨晚换药的时候陆仁甲已经检查了状况，除了有几道不再渗水的伤口之外，他几乎可以算是个健康人了，这一点他也向护士确认了。“没化脓，一个礼拜就好了吧。”这答案和他的身体感受差不多，头早已不晕了，疼痛主要残留在大腿根和胳膊肘两个地方，不妨碍运动，现在让他去足球场上跑一个来回，应该能赢得了罗纳尔多——现在的。

喝着粥，陆仁甲想起自己的冰箱里还有两罐凤梨，七罐金枪鱼，一罐鲮鱼，两包没开封的意大利面。如果它们还安然无恙，酒店里的冰箱是否装得下？不行的话酒店式公寓好了，北京分公司同事来的时候住的那家就不错，步行十分钟能到星巴克、必胜客、一兆韦德和季风书园，房间本身够大，家电也新，而且门禁森严。

林志镐早已吃完了自己那份早餐，在安静地看新闻。昨天晚上，周致淑走了以后，他已经把能给一个第二天就要出院的人做的自我介绍都做完了。陆仁甲知道了他小时候学过两年散打，在手工课上做过一台收音机，支持的NBA球队是达拉斯小牛，喜欢的斯诺克球员是威廉姆斯，有一个在银行工作的女朋友，她因为工作太忙了所以没来看他……知道的先后顺序则是反过来。

关于程铭道打人被拘，为谨慎起见，陆仁甲没有刻意关注电视报道（虽然好几个电视台都一窝蜂地热议），而只是通过手机上网寻找消息。

谢天谢地，十五年前那次住院，没人敢随便用手机，当舅舅摸出砖头般大的大哥大打算接一个业务电话时，护士长恨不得用针筒把他当场击毙。今时今日，据说都有人用微信摇一摇泡到照顾自己的护士。

网上的情况令人失望。没有一段拍到程铭道的视频，也没有一张相片，除了那个名字属于真人以外，整个事件似乎都像是个电视情节。连微博上都没有照片，足见程哥交友颇慎，同行者没人落井下石，而且他去的地方档次还行，私密度足够高，又或者……他因为提前知道，所以做了刻意安排？

无论如何，昨天周致淑走的时候，可完全不像是提前知道些什么的样子。

等离开医院，回到江边那套小公寓，她会在门缝底下，好像单身男旅客接到小广告那样，捡到一张卡片，上面写着“要想你男朋友活命，你得如此这般……”。陆仁甲想象过这样的场面，可是觉得一点也不真实。

也许他们只是写了件无伤大雅的小事？比如给穿着快递员服装、面带笑容、捧着蛋糕盒其实里面装着炸弹的兄弟开一开可爱的小铁门？

要不要打电话问问？宝贝，你今天过得怎样？有什么特别的事吗？

这个抉择一直拖到了第二天早晨。

陆仁甲忍住一直没打电话。甚至当周致淑睡前打电话来问候时，他也没有提出任何问题。

他的理由是不想让她担惊受怕。

而理由背后的理由，是因为这可能会阻碍他了解真相，或者说，打草惊蛇。因为这个背后的理由藏得不那么牢靠，陆仁甲不可避免地质疑自己，到底像不像自以为的那样爱这个女人？

答案是肯定的。是的，我爱她。

很小的时候老爸不就教过他吗？吾爱吾师，但吾更爱真理。一个男人像亚里士多德爱柏拉图那样爱一个女人，应该已经够了——毕竟他们可是希腊人哪。

我这是怎么了？这个时候还在拿希腊人的同性恋传统开玩笑？

你这是害怕了。

总算这个点出真相的声音是自己的。他很紧张，但没有疯。

当把别人置于危险之中时，任何人都会开始有个疑问：其实也没有那么危险不是吗？

陆仁甲也未能免俗。昨夜睡觉以前，他冷静地，客观地作了如下思考：

根据既往的经验，不管这破事是一个疯子干的还是一群疯子干的，他们都非常遵守规则。说在锦江乐园动手，就一定会在那里启动炸弹。说在十二点整，就会分秒不差。说是程铭道，他们甚至不屑于去找个重名的人。虽然这既往经验不过是两次而已，算上捡到五十万那次也只是三次，但数学归纳法验证一条定理不是也只需要三个值吗？

虽然这不是数学定理，但这是游戏。既然是游戏，就是有规则的东西。如果游戏的本质是无规则和混乱无序的，就没必要假装有一个规则来让人发现。当然，你也可以第一天给一个孩子一颗糖，第二天又给他一颗糖，第三天再给他一颗糖，第四天给他一颗包裹了蟑螂的糖。但这样的恶作剧既不高明也不好笑，因为与其说它利用了孩子对糖的向往，不如说它利用了孩子寻找规律的雄心与才智。会搞出这种恶作剧的人，只能是那种最低级的富二代，他们会看着“屌丝”们对命运茫然不解的表情乐不可支，由此体验掌握生杀大权的快感。而不会是那种早已对操弄金钱乃至人命驾轻就熟，早已过了随心所欲乱来的阶段的老手们。直觉告诉陆仁甲，他面对的就是这样一群人。

会是 Andy 吗？他是陆仁甲认识的人中最接近这一形象的。

Andy 的能力足以做到这一切吗？陆仁甲评估了好一会儿，答案是如果 Andy 从他的青年时代起就以搞一个这样的阴谋为目标，那他大概是可以的。但现在的他，不太可能。他太强势了，太过有棱有角，把一切重要的东西都摆在脸上，而且倾注全力地希望所有人都知道。他永远时间紧迫风风火火，可即使没有这些表现，据陆仁甲所知，他的工作量也根本不是一个普通人尽全力就应付得来的。

像蜘蛛侠一样过一种业余的双面生活，每周玩一次游戏，其中大部分无伤大雅，十几次里才有一次会牵涉到爆炸？有可能。但暗地里操纵胁迫影帝级别的艺人？不可能。除非他是完全不用睡觉的机器人，还有超过程铭道的演技。

或者祸首就是程铭道自己？陆仁甲苦思冥想，自己绝对没有在荧屏以外的地方见过他，连他演的电影他都没去影院看过。难道是某次不小心曾刮蹭过他的爱车吗？还是他在某个饭店微服私访时，眼前经过一个心不在焉的小白领没有向他索要签名刺伤了他的自尊心？

为了阻止自己冒出更傻的胡思乱想，陆仁甲打开手机，点击浏览器，在地址栏里输入了一个网址。

开场动画被手机浏览器自动略过了，让陆仁甲用不着再向胖子解释一遍那首 *Who, What, Where, When, How, Why* 并不代表自己喜欢乡村音乐。在小得多的屏幕上，他才第一次注意页面底端的小字。

© 2002-2015 NAU, all rights reserved

京ICP证0X0015号　京ICP备110XXXX8号　网络视听许可证0X10418号　文网文[2009]XXX号

京公网安备110XXX000728　新出网证(京)字XXX号

2002年？这个游戏在那时候就有了吗？那还是《星际争霸》和《帝国时代》的年代吧，还有《CS》。是的，陆仁甲也在放学后和同班的豆瓣酱和黑皮去玩过几次，不过他不擅长这种靠反应的游戏，每每被打爆头，但受挫留下的不甘却导致他多年以后买下了那把惹来警察的AWP。

这样一个网站，存在了十年之久。是“.org”，而不是最常见的“.com”，之前一直没觉得什么，现在看来却如此扎眼。没有充值，没有装备，没有任何广告，没有赢利模式，坚持十年……如果它只是陆仁甲一直以为的那个游戏，那是有可能的，连杀人游戏的聊天室版本都有人坚持做了很多年呢。但如果，一直以来既不是SM，也不是什么X或者程铭道在搞鬼，而是游戏本身就超出了他的想象呢?

陆仁甲点下“初次光临”，他想再看看游戏说明，从六个月前第一次登陆这个游戏以来，他就再也没有看过了。

这一看，他果然发现自己之前忽略了什么。

第10条说:“在下一轮游戏开始前，系统将公布上一轮游戏的事件内容。执行人可以介绍自己的执行情况，每位玩家将评估执行人的表现，对他进行打分。”

这个打分会变成……那个毫无意义的经验值，他差点把这个忘了。如果经验值不是毫无意义的呢?如果level up是真实存在的，而操纵任意一个陌生人的生杀大权才是真正的玩法，网站上的那套相比之下不过是扮家家呢?加上考虑到网站具备把他这样级别的黑客在一次进犯后就拒之门外的技术能力，那就很有可能。

还有如果他是个敏感的人（他确实就是），就会觉得第14条现在也变得更刺眼起来:“请遵守游戏规则，体现游戏精神。”

它说的是要遵守游戏规则，完全没提法律对吗?这可是一般游戏必会提及的呀。也许从这时起它已经暗示了这是个无法无天的游戏。

而游戏精神又是什么呢?

当然还有最可怕的第15条:“只要你愿意，这个游戏可以一直玩下去。”

看来“一直玩下去”的意思比陆仁甲想的复杂得多。

可是我不愿意啊。

陆仁甲退出新注册页面，犹豫了片刻，终于还是登陆了自己的账号。

登陆成功以后，他迫切地在头像旁边昵称下面寻找那行字，那行“您所加入的游戏：No. ……（他记不清的一串字母和数字），状态：游戏休息中”。（“游戏休息中”是不在游戏时间内登陆时都会看到的结果。）

然而他看到的是：

> 您所加入的游戏：无
>
> 点击重新申请加入新游戏。

游戏不见了，他玩了五个月的那局游戏不见了。仅仅因为这个星期一他没有登录，就被踢出去了？还是因为，他“升级”了？否则那见鬼的升级到底是代表了什么？装备解锁？新坐骑？免费洗点？还是“老爸老妈从此你们可以把yahoo搜索项里的safe选项关掉啦”？

刚才的游戏说明里好像没有提到取消资格的事啊。陆仁甲重新退出，用“新注册”确认了一下，确实没有。

然后他又登录回自己的账号，看到他的经验值仍然是62。没有增长过。即使他凭借机警躲过了一场爆炸，也没有增加任何经验值。真是温暖人心。

Level up到底确有其事吗？

十一点十分，午餐准确及时地送来了。

在象征性地吃了几片生菜之后，陆仁甲在网上搜索了一遍“WWWWW”和“5W”。这件事，他曾在刚开始玩5W游戏时因为好奇做过一遍。现在结果仍无不同：没有贴吧，没有讨论组。

这相当奇怪。哪怕冷门到《无声狂啸》这样的游戏都会有自己的讨论组。注册了十年之久的5W会没有？难道这是敏感词吗？任何人申请建立这样的贴吧和讨论组，都会被一双无形的手所阻挠？

没关系，我还有足够的时间去搞清楚真相。当务之急，是阻止新一期游戏成真。我已经成功一次，还是在信息不明的情况下，这次则要简单多了：只要不让周致淑出现在她工作的地方就可以了。她说好中午到的，怎么有点晚？打个电话去催一下比较保险。

陆仁甲刚想到这里，病房门口传来了一串爆响声：“砰砰砰……”

10 「目标距离 21.7 公里」

刹那间，陆仁甲从床上弹坐起来，一把掀开被子，就要跳下床躲避。他们来了！来杀我了！居然真的冲到医院来灭口！用的是冲锋枪吧？这样扫射子弹能打几秒钟？有没有机会让我……

能有什么地方可以躲子弹呢？他瞄了一眼隔壁床，大块头（现在谁还记得他的名字）的表情也很茫然，但远没有陆仁甲那么惊慌，那是因为他没有经历过生死关头，他受过的伤不过是碎掉的电灯泡弄的——陆仁甲对自己说。

这一小坨优越感一点也帮不到他，他的一条腿跨出了床沿，还没有想好往哪里蹦，找他的人就已经进来了。

来的是徐杰，一手拿着他的iPhone——“砰砰砰”的声响源自那里，现在陆仁甲能够分辨清楚了，那是录下来的鞭炮声……护士居然没有制止他！

来的还有王珍妮，跟在徐杰的背后。在看见她以前，陆仁甲已经先听到了她混杂在鞭炮声中的声音——“哎哟，讨厌，你别吵啦……”

“你懂什么，出院都要放鞭炮的。”

陆仁甲的心跳慢慢地平复下来，他把腿缩回了被子里，但身体里有一处地方的悸动反而更难压抑：“隔壁房间死人都被你们吵活了。”

王珍妮吓了一跳：“怎么隔壁房间刚死人吗？”声音之楚楚可怜让隔壁床的林志镐惊异地投来一瞥，目光里大有“你到底有几个女朋友”的责问之意。

“没有，他吓唬你呢。”徐杰关上鞭炮声，笃定地说。

“你怎么知道没有？”陆仁甲嘴上抬杠，心里却清楚徐杰当然说对了，除非割阑尾也能割死人——隔壁房间是个错以为自己怀了孕的女大学生，陆仁甲借着下床活动之机瞄过一眼。他本来是想找找那个倒霉警察的，但一眼没瞄到，就再也没勇气去其他病房找。他干脆连病房都没出。

王珍妮很给面子地把惊恐表情维持到了足以展现“人家是女孩子哎”的长度，然后就完全恢复了正常语气。

“你个死人还有心情跟姐开玩笑！看你生龙活虎的，躲在这里逃班啊！好像骨折也没有嘛？脸上贴个橡皮膏唬人哪！咦，桌子上花谁送的？”

“这还用问？当然是花仙子送的咯。”徐杰不失时机地插话了，顺手把一套西装和长裤从手提袋里拉出来扔到床上，“发票我放在袋子里咯，有钱就要还哦。”

陆仁甲抖开衣服看了一眼，伸手摸了摸那黑底银条纹的布料，不禁皱起了眉。亏得这家伙有心，总算尺码还对，但要他穿成这样，实在是……

“谢啦，不过我有衣服……”

“你有衣服？那都破成啥样了？”徐杰只诧异了片刻，就明白了过来，“哦哦，忘了忘了，花仙子不光送花，还会变衣服的。”

陆仁甲脸红了红，不好反驳，却很快想起，本该送衣服来的周致淑现在还没来。但在这两个雌雄八卦王面前还是少提她为好。

“公司怎么样？”一时间他只能想到这个扯开话题的办法。

如果有人不了解对此类问题的标准回答，那么徐杰和王珍妮已经做出了示范。

“怎么样？没有你，地球真的不转了！”

“我们的客户偏好算法出了大问题，Andy杀人的心都有了，Luis已经受不了请病假了。”

陆仁甲深感安慰，除了当听到“Andy”和“杀人”两个词连在一起时心头一跳。公司、算法、病假……这些词代表了日常，而日常里从来不会出什么真正的“大问题”。

想到这儿，他几乎要忍不住把徐杰买来的那身套装穿上了。不过，真正该送衣服来、接他出院的人在哪儿呢？要不要介绍她给徐杰他们认识？躲不过八卦就要学会坦然面对不是吗？

陆仁甲伸手去拨电话，一边对徐杰和王珍妮说："等会儿一起吃午饭吧。"

这个"一起"，包含了徐杰、王珍妮、周致淑和他自己，除了公司年会之外，陆仁甲多年都没参与过比这人数更多的一顿饭，更别说发起了。经历了听到鞭炮录音声也会惊恐不安的日子，他在自己都没意识到的某个时刻变得更合群了。

一首 *My Happy Ending* 的彩铃放完了，仍然没有人接电话。难道已经出了问题？好在在 Avril 的第一句"You were everything"响起时，周致淑接起了电话。

"你在哪儿？"没有称呼，不仅是因为徐杰他们在，也是因为确实焦急。

"哦，我正要跟你说……"周致淑说到这里停顿了一下，像是被什么分了心，而陆仁甲听出了背景中最让他担心的声音：孩子的喧闹声。

"小悦今天突然病了，找我代一下班……"

"我不是跟你说了今天不要去上班吗！"

陆仁甲的激烈语气让周致淑惊得呆了一下。而病房里，听到这声大吼的王珍妮满脸意外，忍不住看了一眼徐杰，而徐杰笑着竖起了拇指。

错了！你们什么都不明白！

什么都不明白的周致淑，对着她想象中因为受伤而任性的男朋友，开始了牛头不对马嘴的解释："我知道，仁甲，我答应要去接你，不过这里两个班六十几个孩子，没我实在管不过来。所以我让你同事徐杰去接你了……怎么他没跟你说吗？"

陆仁甲抬头怒视了一眼徐杰，而徐杰也体现出了他聪明过人的一面，立刻明白了这眼怒视的含义，却完全理解错了它的程度——他变本加厉地双手竖起了拇指，一副惊喜创造者的表情发出搞怪音："花仙子不会来啦，不过万能备胎在此！"

"他没问题吧？"电话那头的周致淑对陆仁甲的光火原因完全摸不着头脑，开始胡思乱想了。这句"没问题"当然有两层意思，一是搞定出院的事，二是徐杰是否也和之前的Andy一样身负嫌疑。

他没有问题，我也没有问题，是你会有问题啊！

"所以你现在在幼儿园？"陆仁甲已经尽量忍住火气，但听到他语气的人绝不会羡慕他的女朋友。

"对啊……勋勋！把杯子放下！……仁甲，我先忙了，你乖乖出院。"

周致淑挂上了电话。

陆仁甲愣愣地看着手机屏幕，他应该马上再打过去吗？告诉她，她的工作有出人命的危险？他怎么知道？因为他把她的名字填在了短信里，回复给了一个来路不明的号码？

不，不到万不得已他不想让她知道这一点。被"绝对诚实"粉碎的感情太多太多了，他可不是蠢货。她还在幼儿园，距离这里几乎隔着大半个市区，而现在，已经过了十二点了……

他这沉思的片刻，徐杰和王珍妮都注意到了，但他们只以为这是热恋中的男子发现小小幻想破灭后的过激反应。徐杰还在试图说点什么缓和气氛，陆仁甲已经从床上蹦了起来，同时对徐杰说了两个字："钥匙！"

"什么？"

"你的车钥匙！"

"哦……"徐杰下意识地掏出钥匙递过去，却没想到问一下对方这是要干吗，这不怪他，他从没见过这样的陆仁甲。

"车停在楼下还是地下？"陆仁甲一边把脚伸进柜子里的皮鞋一边问。

"外面马路上……"徐杰立刻反应了过来，"你这是……还是我来开车吧？"

如果换了别的场合，这个建议还真的会让陆仁甲考虑一下，而现在，他连停顿一秒钟都做不到。

"谢啦！"喊出这句话的伤员陆仁甲已冲出病房，留下了呆若木鸡的两位同事和一位病友。

"他这是赶着去捉奸吗？"直到此时，王珍妮才说出一句话来。

徐杰不理她，只是捡起自己亲手挑的衣服摸了摸："幸好吊牌没拆掉。"

同事那么久，陆仁甲从来都没见过徐杰的车，因为每次徐杰提出"一起喝一杯"，他都说"下次吧"。不过这不成问题，在医院门外摁下车钥匙上的按钮，立刻就有车发出了"嘟嘟"响——是一辆崭新的路虎极光！开越野车上班？这娘炮充什么硬汉啊！

没时间多想，陆仁甲坐上驾驶座，冒着撞坏后面那辆 307 的风险，用了五秒钟就把车头拉出来，驶上了公路。在第一个红灯前，他打开导航，输入了幼儿园的坐标。

目标距离 21.7 公里。现在是十二点十一分。

四十九分钟，足够韩寒在上赛道跑二十二圈了。不过在中午时分的马路上……我们来比比速度吧。

这是一条完全没走过的路线，陆仁甲没法像上班时那样，凭借对每个红绿灯切换时间的了然于胸而开得轻车熟路，所以只有全速行驶。糟糕的是，他对越野车的大小不熟，超起车来提心吊胆，对油门和刹车的力度也把握不好，总觉得方向盘发飘，还有播放器里的 CD 也是他不熟悉的，但是开车不听点音乐，他还真不习惯，所以只好任由一个听起来像白人的家伙在喇叭里没完没了地唱 Rap。

“White America, I could be one of your kids ……”这家伙是这么唱的吧？

卡着黄灯，陆仁甲冲过一个路口。横向闯红灯过来的一辆摩托从车头划过，车把后面的傻逼还扭头看了一眼，好像对自己这一次仍然差了 0.5 秒没能暴毙街头深感遗憾。

陆仁甲和着 CD 里的歌词一起大声骂了句“fuck you”，于是没能听见那辆摩托撞到卖水果的三轮车时发出的闷响，西瓜掉到地上摔碎时的咕咚声，被溅到裙子的女人发出的尖叫，她男伴过来帮腔以后引起的吵骂，还有西瓜刀被有意无意摩擦时发出的“噌噌”声。

就好像他不会听到此时此刻维也纳国家歌剧院里引起指挥皱眉的一个和弦，横滨一座地下赌场里种下杀机的两颗骰子的撞击，休斯顿唐人街里将要卡到一个胖子喉咙的鸡骨躲过的菜刀砍剁，乌普萨拉大学图书馆里催生一场热恋、无数争吵和一名单亲女孩的那本《情人》的坠落，帕萨迪纳一名犹太妇女在屋顶见证自己儿子结婚时发出的激动呜咽……还有有限座城市或乡村里的有限的信众在神父或牧师率领下念的“我们在天上的父”……

世间万籁，他此时真正在听的只有GPS发出的“前方路口请向右转”。

时间分秒流逝，快得让人舍不得用“一分一秒流逝”来形容，陆仁甲对这辆极光的操控也渐入佳境，有一刹那，他恍惚觉得自己像是在玩赛车游戏，不是Sega Arena带震动体感、方向盘比真车还重的那种，而是小时候黑白手掌机上的那种。左，加速，右，左，加速，右。越过了多少次黄线，他记不清了，如果是夜里，拍摄违章的摄像头闪光一定能帮他计数。抱歉了徐杰，你要是被吊销驾照，我会每天开车接你上班的。

可是，并非每条路都有空荡荡的对面车道能让他越过黄线去超车，他已经违背了一次GPS的命令，刻意避开了一段最堵的高架，但地面交通也并没有好到哪里去。下一个匝道口，他咬牙遵照指示上了高架。

然后被堵住了。

这座城市有些高架路段永远在堵，即便是工作日的中午也跟上班高峰时段差不多。如果车主徐杰在，就会从后座掏出一本《1Q84》，告诉陆仁甲，书里那个叫青豆的女主人公，从一段高架路上下车，通过路旁的一条扶梯走下地面，就此进入了另一个世界。这个世界里不见得会事事如意，但也许就没有了会预告人死亡的游戏。但徐杰不在。现在也不是1Q84年，而是2015年7月8日中午十二点四十一分。所以陆仁甲唯一能做的是掏出手机打电话给周致淑。

没有人接。

她在干什么？喊口令带孩子玩“我们都是木头人”的游戏吗？不，那太老了，现在的孩子应该玩些更高级的游戏。但是不管怎样，都不该不接电话不是吗？Andy无数次教训下属时说的话太对了：一个人既然买了手机，告诉了别人他的电话号码，意思就是在工作时间可以通过这个号码找到他。在“工作时间”！现在正是她以为自己应该好好工作的时间，然而随时可能有个疯子冲进他们幼儿园用砍刀或者自动步枪大开杀戒。而预言中她的“疏忽”会是什么？可能就是给这个看上去像快递员的疯子开了门……

陆仁甲快要不能忍受胡思乱想带来的焦虑了，这份焦虑比他自己等待十二点的谋杀时更难熬。如果他开的是坦克，现在前排的所有车都要倒霉了。也许是察觉到了这一点，它们开始了起初龟速、随后渐渐加快的前行。

快呀，宝贝，快。下到地面，他还有差不多十分钟赶赴现场，而GPS上显示的目的地距离只有5.6公里了。

红灯，又是红灯！他急中生智，向右强插到转弯道，无视前车，毫不减速，压着人行道的边角转到了横路上。GPS大叫“偏离路线，请掉头”，但他不予理会。

果然在下一个路口，幸运地遇到绿灯，左转回到了正确的方向。GPS乖乖地接受现实，重新计算了路线，还有4.1公里。

他再次拿起手机，摁下周致淑的号码，没有耳机，就用肩膀夹住。

突然，一处高出路面的井盖让车身颠了一下，耳朵里的彩铃声骤然小了下去。在刚刚要掉落的刹那，他抬起右手把手机塞回了肩膀和脖子中间，又立刻去换挡。

该死的徐杰，学人装酷开什么手动挡！

为了夹住手机，他只能把脑袋侧偏七十度，一对注视路面的眼球从左右运动变成了费力地上下运动。

接呀！宝贝，接电话！该死！

还有2公里，1.9公里，1.8公里……而时间，进入了最后一分钟。

前方还有一个路口，绿灯闪烁，闪烁，闪烁，变黄——他闯过了。

只剩下最后两百米了。他已经想好了，绝不去找什么停车位。现在的难点在于他从大门跑进幼儿园里面找到周致淑得花多少时间。啊！糟糕，周致淑所在的教室到底是哪一个？这时，他的手机响了起来。

11

他为什么要过马路

谭妙旗每天下午有时出门，有时不出门。出门有时是为了送洗衣服，有时为了做头发，有时像今天这样，为了买日用品。买日用品，她有时去楼下的便利店，有时去两条街外的家乐福，有时来这条路上的易买得。来这条路，她有时开车，有时走路，极少会把心血来潮时买来用作健身的自行车拿出来骑一骑——那上面已经积满了灰，擦起来麻烦，而且最不方便的是没有儿童座椅；而对于让小漪坐在书包架上这种属于上个世纪的粗糙办法，她这个当母亲的可不放心。

今天，她选择了走路。好动的小漪穿着Crocs的洞洞童鞋“吧嗒吧嗒”地跟在后面，手里攥着从妈妈那里缠了许久才要来的绳子，绳子另一头连在三岁的迷你贵宾犬“叮当”的脖子上。走路出门让叮当也很开心，一路上东闻西嗅，引来不少路人驻足欣赏。

走路的另一个好处，是能路过长颈鹿幼儿园，这家全区最好，一年后免不了要费一番工夫才能把小漪送进去的幼儿园。怀着小漪时，谭妙旗就坚持每天听肖邦，现在让孩子去门口走一走感受下氛围，也是好的。如果管用，她以后要带女儿去的地方还有一长串：上海小学、上海中学或市三女中……复旦大学就算了，小漪以后是要考SAT去美国的。

路过长颈鹿幼儿园的大门时，脑子里都是这些，所以谭妙旗没有第一时间注意到叮当突然冲下了人行道，钻到一辆停在路边的福克斯前面，去拨弄地面上一颗装饰用的塑料球。那小球大概是婚车上掉下来的，金光闪闪，但轻得出奇，在小狗一爪之下就朝前蹦出了几米。叮当追了过去，也把小漪拉着跟了上去。这一切统共才发生在三秒钟里，谭妙旗正张口说：“别跑到……”

“马路上去”四个字被一辆疾驰而来的越野车轮胎发出的刺耳刹车声盖过了。同时被盖过的，还有陆仁甲的手机对刚才他那句急迫的“喂是致淑吗”作出的回答，以及这辆极光后制动钳的固定螺栓松脱出来，导致转向机失灵，让陆仁甲猝不及防猛打方向盘却发现毫无作用时发出的惊呼。

在所有这些声音的背后，你得天生听力过人且十分仔细，才能听到车下发出过两声十分微弱的呻吟，除非，你是个母亲，或者刚刚撞到了人的司机。

即便如此，你也不可能分辨得出这两声呻吟，哪个属于小狗，哪个属于孩子。

谭妙旗在短暂的惊愕之后，看到车轮下的路面有一圈暗影在扩大，随后才意识到那是红色的。在暗影中间，有一个小小的轮廓动了一下，又动了一下，最后钻出头来，发出了尖锐的呜咽——

看到叮当沾着血渍却仍然毛茸茸的可爱脑袋，谭妙旗像是突然被插上音频线的音箱，开始尖叫了。

“啊——”

而陆仁甲被夹在弹出的安全气囊和座椅中间，什么都听不到。他的手机掉在车厢地板上，电话那头的声音兀自温文有礼地背着一套固定台词：“为回馈老客户，我行最新推出了一项客户答谢计划，您有时间听一听我们的介绍吗？”

周日的那场爆炸以后，杨思克大夫说陆仁甲有中度脑震荡，还需要观察。如果他现在在场，就会得出结论：病患恢复良好。受到冲击后的短暂晕厥属于正常，当警察到达现场时，病患就醒了过来。

弹出的时速高达七十公里的安全气囊让他鼻梁青肿，眼球胀痛，但神智还算清晰，证明如下：当警察问他“你的驾照呢”，他没有浪费时间在这辆不属于自己的车里徒劳寻找，而是干干脆脆地双手抱头，发出了一声长长的叹息。

原来是这么一回事。所谓因为疏忽造成他人死亡，只是这样一个老套的红颜祸水版本：因为周致淑没有听话乖乖地去接男朋友出院，而是大意地答应了同事的代班请求，所以造成她男朋友急忙开车过来撞死了小孩。如此平常。

不，这一点也不平常！陆仁甲混沌不堪的脑袋里有一个清醒的声音在说话，先是恨恨地，随后一点点变得乖戾尖锐。

这种事情可能吗？你生活在哪里？《一千零一夜》里吗？做梦的败家子在另一个人的梦里得知自己家后院埋有财宝？莎士比亚戏剧里吗？像麦克白那样为了打破预言反而实现了预言？ Matrix 里吗？由全能的电脑程序在那串代表方向盘的字符串里增删了几个零？还是会有命运规划局的人，掏出本子看了看，发现“哦，今天这里应该撞死个人呢”，然后摁个暂停，在本来不想往这条路走的小朋友脑子里“嘎嘣”一声做个“调整”，把她送上了死路？还是这一切和《笔下求生》一样，你不过是个小说人物，有个心怀恶意的作者不知出于什么目的为你设计了这样的命运？

如果是这样，哈哈，真要恭喜你了，说明你是这整个世界的主角。可想想你爸都给你起了个什么名字，陆仁甲，“路人甲”，哈哈哈哈……

内心的狂躁投射到陆仁甲的嘴角上，扬起一丝诡异的笑，这副表情会让任何一个正常警察都觉得没必要再浪费时间问什么驾照了——看看眼前这个人，穿着病号服，刚刚在幼儿园门口撞了个孩子，表情痴痴傻傻还有心情笑，从精神病院逃出来的可能性直逼九成。

周围指指点点作义愤填膺状的群众正在围过来，他们说的话陆仁甲一句都听不见，他的耳朵拒绝把那些声音翻译成话语。但奇怪的是他似乎学会了读唇术，“作孽”“神经病”“惨孤（可怜）”“寻死”之类的字眼仍一排排扑了过来，而即使他闭上眼，那些开开合合的嘴唇仍在把一句句谴责直接砸进他的脑子里。

所以当有人拽住他的一边胳膊，把他塞进警车时，他几乎感到了一种解脱。

车开动了有一分多钟，陆仁甲才反应过来自己的处境：他坐在警车的后排，身前是一个警察，右边也是一个警察。前一个在开车，后一个则拿着手机，在上面点点划划。

“叫什么？”

右边的警察头也不抬地问，他大半个身子朝向左边，翘起的靴子几乎让陆仁甲的腿没地方放，陆仁甲看不到他的手机上运行着什么东西，但能挺清楚地看到他的脸，他不是夏龙一，也不是可怜的小顾，而是个双下巴的娃娃脸。

陆仁甲没有回答问题，并不是因为他相信自己有什么权利保持沉默，只是因为精神恍惚。提问的警察也完全不以为意，他仍拨弄着手机，接着抛出第二个问题：“穿成这样就出来了？”

陆仁甲明知他指的是病号服，却仍然多此一举地低下头看了一眼门襟，没办法，此时此刻，他就是这样痴痴傻傻：“我之前，受伤了，都在住院……有急事，来不及换。”

“住哪家医院啊？”

“循海。”

“有驾照吗？”

“有……不过没带。”

“你现在就审上了？”前排开车的警察插了句话，也提醒了陆仁甲自己早该有此一问。

“呵呵，看他好玩，就随便问问。”娃娃脸回答，手指仍然没停。

有了这个解释，娃娃脸就开始像真正的提审一样，把问题一个接一个地抛向陆仁甲——包括之前那句没得到回应的“叫什么”。

陆仁甲老老实实地一个接一个地回答问题，这是不被人误会成精神病的最好方法，他知道，但并不真的在乎，甚至懒得去想被人当成疯子会不会更好一些。这些问答让他有事可做，可以不用去回忆相撞一刻轮胎传递过来的震动。

这挺好，但还填不满他的脑子，可能那里有一个空洞永远不会被填满了。除非——

除非这个时候，娃娃脸突然问出一个问题，以W开头的问题。

他没有问。

不过，在下一个他们停留的路口，红灯长得匪夷所思，横道线上蹒跚走过一个衣衫褴褛的老头。他的手里提着两个塑料袋，一个装满了空饮料瓶，另一个则是废纸板，他的双肩背着一个早已看不清颜色的破背包，从一两个破洞里漏出金属的反光。

老头走得特别慢，慢得绿灯开始闪烁了，仍未到横道线的一半。而他会引起陆仁甲的注意，还是因为他的背包顶端戳出了一根金属管，金属管连着一面牌子，上面写着四个英文字母和一个问号：

When？

12 倒计时

面前的红灯变成了绿灯，开车的警察踩下油门，陆仁甲的视线仍死死地钉在那捡破烂的老人身上，直到扭痛了他的脖子。而老人也没有让他失望——在跨上人行道之前，他回过头来，朝着警车的方向咧嘴一笑。

跟配合好了似的，前排的警察同志终于想起了打开空调。几秒钟之内，警车里的冷气和街道上的炎热就联手给车窗玻璃罩上了一层微薄的水汽，不幸托生在前挡上的，被窗缝排风吹散了，而在侧窗上的幸存下来，变成了一张暂时性的纸，如果用手指头做笔，在上面画出线条，好像任何人都在浴室镜子前玩过的那样，就能给自己和情人留下两颗被箭贯穿的红心。

或者像陆仁甲这样，留下一串数字：1420。

在14和20中间，还加上了两个点。是个冒号。

根据陆仁甲严谨的习惯，本该在时间前面至少再加上年月日（甚至加一个AD）。然而，警车里的两位虽然心不在焉，却并非瞎子，不会允许他的手指头弄出更大的动作。而且车窗上那点地方，也不允许写下更多的字了，否则就要缩小字体，只有视力极好的人才能看清他写了什么。

话虽如此，陆仁甲其实根本想象不出，到底什么人，会在哪里，看到他写在车窗上的这串数字。街对面的某家店铺吗？十字路口的某个摄像头？下一个红灯时横穿马路的一个路人？还是对面飞驰而过的某辆车？

他不知道。他只能从身旁警察的手表上，知道现在是十四点十六分。这个世界即将发生点什么。也许是又一架飞机撞向哪里的大楼，也许是一枚蝉蜕被风吹离了树叶的背。

谜底揭晓就在四分钟以后。也许五分钟。不会差得更多——如果连警察都戴不上一块走时精确的表，还有什么可以信赖？

从他的角度不是总能看见秒针，而且他也不方便总是朝那个戴着表的手腕看。所以他依赖内置的生物钟，在心中默数：230、229、228……心跳声不时地前来捣乱，而他敛摄心神，不为所动地数下去。

7。

一次微小的减速。

6。

公交车站上一对拥抱的男女。

5。

娃娃脸打了个哈欠。

4。

又一脚油门。

3。

陆仁甲自己打了个嗝儿。

2。

两个人招手拦下了同一辆出租车。

1。

他们争了起来。

0。

……他吸了一口气?

好吧，有误差不奇怪。陆仁甲这样自我安慰着，他实在不能接受那个身背“When”招牌的老人的出现只是个偶然，那里是一条上海马路，又不是白宫门前或海德公园。

他也不愿去想也许自己留在车窗上的字迹被漏过了，更不愿意相信这番问答只关乎两个陌生人之间的出租车争夺战。应该是时间还没有到，应该还会发生点什么，给这已经陷入死胡同的人生一个出口。

他忍不住又瞥了一眼身边警察手腕上的表，却看不分明。娃娃脸握手机的角度和刚才有所不同了，他的袖口遮住了手表的分针，耐心点，过一会儿他应该会……

突然，陆仁甲脸上一热，像是被溅到了温水，然后才听到了一声巨响：砰！

警车的车头朝右一偏，冲上右侧人行道，撞上了一家餐馆的红砖墙，车尾则甩在一根电线杆上，停了下来。而同一时刻周围起码有二十个声音发出了尖叫。

陆仁甲被巨响、尖叫和车辆的急速转向震得晕头转向，两秒以后才意识到，他脸上湿润的东西是前排警察的血……

肯定还有别的，因为他的脑袋已经和靠背一样烂糊一片。挡风玻璃早已粉碎，只留下了最边缘的一部分还在坚守岗位。看样子，他们刚刚被枪击了。

什么人会在大街上枪击警车？

这是游戏的伏击？！为了杀我？我死定了！这是陆仁甲的第一个念头。

然后他就觉得时间变得慢了下来，脑海里一瞬间冒出了五十个念头，其中有他以为早已遗忘的小学同学的面孔，有5W游戏的欢迎动画，有一盘CS游戏里穿墙爆头的一枪，有和周致淑云雨的想象场面，还有任何第一次面对枪林弹雨而没有立即死掉的人都会有的第二个念头：我死不了，我能逃生！而且还马上附加上一个：这是游戏的伏击？为了救我？

不，不可能。这样的一枪怎么能确保我不受伤？难道就因为我坐在后排？何况我不过是交通肇事，根本用不着被救。

以上所有这些念头，不过是发生在从陆仁甲看到冒着火光的枪口，到他本能地把身体缩成一团之间那短短的一秒钟内。如果存在一款测试大脑主频的软件，他这时候的跑分表现敢跟斯蒂芬·霍金叫板。

想着这些的同时，陆仁甲的表现可圈可点。他蜷缩在座位与座位的夹缝里，屏住呼吸，好像这样就能减少中弹的概率——胸腔轮廓至少小下去了一毫米。不过他显然还是不够苗条，很快撞到了另一个身体：那个娃娃脸警察。

娃娃脸的制服已经半红，根本看不出那是他搭档的还是他自己的血。

“册那！吾册那！”娃娃脸叫骂着脏话，在一马路人的尖叫下也显得毫不逊色。警校一定没有教过在上海大街上跟女朋友微信到一半突然被人枪击时可以做点什么，陆仁甲想，这时候唯一能做的大概也只有骂娘。

而之后又传来了第二声巨响，这次陆仁甲明显感受到车身震了一下。这是散弹枪吧？枪击的方向也明确了，就在他们刚才开过的路上，现在和车身右侧呈垂直的方向。

娃娃脸停止了骂娘，陆仁甲几乎觉得自己闻到了皮肉焦味，娃娃脸的身体剧烈扭动了一下，脚尖踢到了陆仁甲的脖子。毫无疑问他受伤了，但没有死，疼痛现在也许早因为肾上腺素的大量分泌而消失了。中了一弹以后，他在陆仁甲眼中变成了另一个人，反而冷静了，或者说发疯了，因为他伸出胳膊，去够警车前排的一件东西。

是手枪。那两把配备给他们，本来只准备对付疯狂驾驶的精神病，而现在却遭遇悍匪的手枪。

陆仁甲突然之间对娃娃脸肃然起敬，那不是市民对人民公仆的敬意，而是一种男人对男人的敬意。这份敬意甚至驱使他见贤思齐地抬了一下头，好像目光能向枪口抗议似的。

这一次抬头，让他看清了路面的情况。在二十米开外的人行道上正是一家银行，银行门口，一个男人正端着一把黑乎乎的长枪对着他们，另一个看似他伙伴的人双手握着手枪，却枪口朝地，站在他身旁。

这时从银行里走出来了第三个人，他拎着一个口袋，似乎在朝同伙吼着什么，说的似乎是“谁让你开枪啦”。开枪的第一个人受了呵斥，显得有些不知所措。这三个人都带着头套，而路边有一辆没挂车牌的黑色轿车看似在等他们。

抢银行？！那为什么……以为我们是第一批来阻止的警察吗？冤枉啊！我们只是凑巧过路啊！

等等，我们是过路，但真的是凑巧吗？难道发生这一切是……

陆仁甲此时无比想看一眼娃娃脸的手表，但戴着它的那只手正伸向前排……不！它收了回来，握着那把手枪。陆仁甲把全部视线集中到那移动的手腕上，努力分辨上面的分针和秒针。现在是两点二十……

砰！娃娃脸双手握枪，打出了一颗子弹。

一秒以后，刚刚沉静下来的散弹枪就做出了新的回应，不同的是在散弹枪一发与一发之间的间歇，还夹杂了手枪的快速射击声。

尽管这些受到惊吓以后的乱射只有极少几发命中了车内，但金属、塑料、皮革、人血和骨片仍在车厢的狭小空间里飞溅开来。娃娃脸的射击招致了严重的后果，更糟糕的是，看样子他打出去的那枪给对方造成的损害为零。

陆仁甲在心里把这个刚刚暗自佩服的男人狂骂了一万遍，恨不得他立刻去死。

他果然立刻死了。

一颗子弹从他的右眼上方穿进了脑袋，另一颗打中了他的双下巴，他呼出的最后几口气从那个洞里喷出不少血沫子，如果不是被枪声掩盖了，那种漏风笛子般的声音应该刺耳非常。

但那些戴着头套乱射的人并不知道他死了。因为没有一条“刚才您已爆头了玩家娃娃脸”的提示会在半空中浮现，向他们汇报战果。他们还在继续朝这里开火，只不过从胡乱扫射恢复了镇定，次数更少，但也更精确了。

陆仁甲抱着头蹲在地上，只怨自己不是一颗弹子球，可以不起眼地滚走。在他鼻尖前方五厘米，娃娃脸握枪的左手无力地耷拉着，偶尔晃动一下，提示它连接着的躯干又吃了几颗子弹。此时此刻，陆仁甲终于可以在那块静止不动的手表上看清楚秒针了。

现在是两点二十分十九秒。

13 三杀

生存，还是死亡，这是个问题，不过只有在微博上装逼的时候这才是个需要思考的问题，其他一切时候，它只是个需要解决的问题，尤其当子弹朝你迎面飞来。两具尸体在硝烟的重围中散发出的血腥味刺激了陆仁甲的嗅神经，这让他猛然发现，原来在蜷缩忍耐祈祷之外，自己还有一件事可干：开车门，逃出去！

陆仁甲保持着蜷缩身体的姿势，背过一只手去寻找车门把手。过了长得如同半小时的三秒钟，他找到了。

却打不开。

也许是和电线杆的碰撞让车门变形了，也许在关押犯人的警车上这一侧的门本来就应该打不开，但不管原因如何，陆仁甲都气得发疯。他本来只要退、倒、滚、爬，甚至飞向后方，就能离开这口活棺材，把它当作自己的盾牌。但现在居然退无可退！

陆仁甲的肾上腺素再创新高，把他的目光引向了一件东西——那把从娃娃脸的手里垂下来的手枪。

每一个看过九十年代港产枪战片的男孩都梦想过在危急时刻手握两把枪（一把也凑合），帅气地连扣扳机，枪枪命中那些威胁他生命的人，当然，最好是坏人。

此时此刻，枪、危急、生命受胁、无数个坏人，一切条件都具备了。陆仁甲的右手，不，是每根手指头都仿佛拥有了独立的生命，像一支超级英雄团队，热情而坚定地团结一致，握住了眼前的枪，全无害怕，毫不颤抖。而本应该指挥它们的大脑惊讶于它们的坚决，只剩下旁观赞叹的份儿，丝毫没意识到这根本算不上勇气，更不值得钦佩——因为反正丢命的又不是手指头。

每个自慰过的男人都会告诉你，手不懂得羞愧，也没有荣誉感可言，它唯一会做的就是行动，行动，行动。

在行动的狂潮中，大脑来不及回过神，就被分派了其实离谱却看似靠谱的工作：稳住呼吸，稳住手臂，寻找空隙，指派眼球去瞄准——而扣下第一次扳机完全成了反射神经的事。

所以那颗子弹就像一心过人的C罗一样，离膛而出，从真皮座椅、反光镜和右车门框架的夹缝中长驱而过，钻到了二十米外一根锁骨下方柔软的地方。

一枪命中！和游戏一样！

这份欣喜几乎让陆仁甲忘记了去开第二枪。而对方也被这突如其来的打击吓到了：拿着散弹枪的蒙面者难以置信地低头看了看自己的胸口，随即双腿一弯跪倒在地上，上半身朝后倒下，却被膝关节所限无法平躺到地上。

有一秒钟，他身旁双手持枪的同伴陷入了迟疑，做了一个伸手去扶的动作，然后，才好像想起自己的命更重要，跟随那名拿了袋子的同伴，闪身躲到那辆黑色的桑塔纳背后——也就是车头那里。他那名看似头领的同伙也照做了。也许同伴被一枪撂倒的震惊让他们丧失了冷静判断，其实他们应该拉开车门，上车扬长而去才对。他绝对不会在这时开枪阻拦他们的！

该死！

该死他们没这么干！而更该死的是，他居然没有抓住他们愣神的机会！陆仁甲无比懊悔，并不知道其实他根本无法抓住这所谓的机会，因为从第二次射击开始，一切都回到了大脑的指令下，别说时机的把握，连扣下扳机都显得很费力了。

然而他仍有余勇。陆仁甲的第二颗子弹几乎和对方反击的子弹同时射出，也同样偏得离谱。银行前一家酒店两米高的灯箱中了一枪，而陆仁甲背后又发出了一串新的女高音，鬼都听得出真要被打中了是无法叫得这么气脉绵长的。

而第三颗子弹就没有那么容易打出去了。因为对方的两人开始分别从作为掩体的轿车两侧冒出头来，同时向他射击。在这一轮射击中，警车上残存的玻璃都已报废，车身又下沉了一次，看来有一只轮胎被打爆了。陆仁甲在警车后座里握枪困守，面前有一具尸体，他胡乱伸出左手推拽娃娃脸的肩膀，希望他能当个称职的盾牌。这个念头很快被粉碎了，一颗子弹穿肩而过，几乎打中他的手。

他们用的大概是54式吧，穿透力这么强。

陆仁甲又胡乱打出去两发子弹，吓阻意味远大于攻击。此时此刻，他多希望自己真的是个连环撞死十几人的疯子驾驶员，那样或许来逮捕他的警车就会装备得好一点，就有92式微型冲锋枪，而不是这支天知道还剩下几发子弹的64式手枪。

陆仁甲扭头看了一下车尾，街道上四五辆车停在原地，其中两辆还发生了追尾，车上的人大概在十几秒前就逃到了街边的店铺里。这一眼看得实在徒劳，因为毫不意外，根本没有什么能帮他吸引火力。

除非发生奇迹，否则看起来他和两名殉职警员一样饮弹毙命只是时间问题。

像是在回应他的祈求，对面的枪声突然停止了。两个敌人完全缩回了桑塔纳后面。他们大概是打完了子弹吧？没准儿我可以趁这个空隙逃出去？陆仁甲没有数过对方到底开了几枪，但趁隙逃到车外的念头是那么诱人，尤其是考虑到他们有可能正在装填子弹，几秒钟后就会恢复火力。

不过这也有可能是个圈套，等他一下车子对方就会把他打成蜂窝。或者那两个家伙只是不知道打中了没有，想停下来观察一下警车里对手的生死？也许我装死会更好一些？这只是些抢银行的劫匪，和警察并没有什么深仇大恨，看到警车里安静了，他们就会带着抢来的钱离开吧？就这样待在原地，低下头，屏住呼吸，什么也不做是最好的吧？

什么也不做是最好的。

不知道老师提问的答案时，什么也不做是最好的。

在车上看到小偷扒别人的包时，什么也不做是最好的。

发现领导交代的任务有错时，什么也不做是最好的。

不知道她是否喜欢自己时，什么也不做是最好的。

不知道那个要饭的是不是真有个患了绝症的女儿时，什么也不做是最好的。

在人生中每一次听到别人持这样的论调时，陆仁甲都会在内心嗤之以鼻，所以他举了手，他挨了打，他领了奖金，他找到了周致淑。他无数次被人骂作傻逼也比“无数”更多次地帮了人。而这一次，当他听到自己心里响起这个论调的时候——

本能先于理智做出了选择。

一秒之内他准确无误地打开右侧的车门把手，接着使出全身力气，把娃娃脸的尸体推到了马路上，自己也紧随其后钻了出来。

当他低头为脚底是不是空地分了下神的刹那，一颗子弹打在了车身上。在听到枪声以前，他的脸侧首先感受到了风压。他随即明白，这下分神是值得的，如果他钻出车门的第一脚踩到了娃娃脸的手脚，朝右趔趄一下，那么他就已经死了。

这一发意料之中的欢迎，突然让他产生一种奇妙的感觉，并非恐惧，反而像是刚刚获得了某种刀枪不入的保证，有一种“果然如此”的释然。不论这种感觉有多少根据，都让他在片刻间站稳脚跟，端起手中的枪，冷静地目视他等待的方向。

刚才是右侧的家伙打了一枪，他缩回去了，接替他的应该是左侧那个家伙。他马上就会探出头来。

三点一线，让准星与凹槽齐平，弯曲手肘，左手拖住握把。在陆仁甲预先瞄准的地方，一条握枪的胳膊探了出来，0.1 秒后，貌似首领的劫匪探出了黑乎乎的脑袋。陆仁甲扣下扳机，“首领”往后就倒。如果他不是侧着脑袋，这一枪会打中他的人中，轰掉几颗门牙。而现在，这一颗子弹钻进了他的脑袋里，把里面翻搅得一塌糊涂，留下一根预先接受好了命令的手指，几乎在中枪的同时扣了一下扳机。

子弹当然飞得不知所踪，却刺激到无须闪躲的陆仁甲，让他又打出第二枪。这一枪稍抬高了一点，打中了五十米后 2 楼的一块招牌。

六枪中二，相当不错的成绩。如果是在打 CS，现在该是摁下 R 键换弹夹的时候了。但陆仁甲没有弹夹，即便有，他也不知道该摁哪里才能换。他甚至不知道枪里到底还有几发子弹。好像 64 式手枪的弹夹容量只有七发？还是八发？那就只有一发子弹了？也许一发都没有，谁规定弹夹起初一定是装满的？

万幸的是，桑塔纳后面剩下的那个人没有再冒出头来。同伴的死他一定看到了。也许他在震惊，也许他在愤怒，也许他在害怕。也许他会用愤怒掩盖害怕和震惊，丧失理智地跳出来冲向陆仁甲。也许他也和陆仁甲一样没剩下多少子弹了。也许他也和陆仁甲一样，冷静地等待着给对手致命一击。

面对不见其形、难以揣度的对手，只剩下了一两发子弹，攻击得手后自以为身带无敌光环的莫名自信消退了下来，陆仁甲现在开始真正意识到自己刚刚干了什么——开枪射杀了人，也真正意识到自己正在面对什么——可能立刻就会被射杀。

耳朵里自己的心跳声好像遥远的大鼓般沉闷模糊又不容置疑，刚刚在地面上站得无比坚实好像钢柱的腿现在虚弱得如同风中杨柳，必须调整一下位置，才能保持平衡。

于是他迈了一步。

鞋底在地面上摩擦出的声响，大得出乎陆仁甲的意料，尽管他已经尽量放轻了动作，尽管街面上还有不少杂音，比如最早中枪的那个蒙面人发出的呻吟——他的散弹枪被甩在一旁，在子弹用罄的陆仁甲眼中相当诱人；比如隔开陆仁甲和蒙面人之间的那家百货商店大门里传出的音乐声——是的，就是那些能让你忘记时间，产生“走——看——买”的莫名节奏感的音乐。而那些被堵在里面的顾客们几乎一点声音都没有发出来。危险时以为保持安静就能保证安全，这是人类的本能。

现在陆仁甲也身陷其中。他几乎被自己无意中迈出的一步吓了一跳，然后为了平复这种惊吓，不得不继续走下去，就好像第一次撒谎、手淫、背叛或杀人的人，总是必须马上开始第二次一样。

于是他缓慢地朝着桑塔纳的方向靠了过去，因此也越来越接近百货商店的大门。两步之后他才意识到：如果走到大门前的台阶，还没有一颗子弹飞来把他打死，那他就可以逃进百货商店。对方再疯狂，应该也不至于冲进来追杀他，哪怕那被打死的伙伴是他的亲哥哥什么的。毕竟，警察随时会来。

如此一来，百货商店的大门在陆仁甲眼里开始变得远比地上的散弹枪诱人。他越靠近，就越想更快地靠近它。但不能着急，万一他的举动让百货商店里的人产生误会，万一他们惊叫起来，刺激到对手怎么办？

那个缩头乌龟缩得越久，在陆仁甲印象中的形象就变得越彪悍。这时候如果从那辆车背后冲出一个施瓦辛格、基努里维斯或至少周润发式的男子都一点也不会让陆仁甲惊讶，而且在那些电影里，像他这样握着枪等待敌人闪出来的那些角色的下场，他记得十分清楚。

就在这时，陆仁甲听到了一阵警笛声，由远及近的音效和电影里简直一模一样。他心中一安。你们总算到了。已经有同袍替你们死了。已经由我这个“犯人”替你们完成了三分之二的工作。你们总算到了。

警笛从陆仁甲背后的方向逼近，而且能听清有两个声源，这让陆仁甲更为安心了。但他还是不敢把视线从眼前的桑塔纳移开。那小子肯定也听到了，警察的到来会让他缴械投降还是狗急跳墙，仍是未定之数，此刻大意不得。

“举起手来！”

身后传来警察的喝令。视力真好，居然那么远就能看到桑塔纳后面有人了……不对，我这个角度都看不见，他们更应该看不见才对啊。

这“举起手来”，不会是在说我吧？

警察是不是也把自己当成了歹徒一伙?

陆仁甲惊觉这个问题以后，马上想到的就是把手高举过顶，但还在犹豫要不要把枪也扔掉。而就在这一刻，“砰！砰！”，桑塔纳背后的家伙闪出了胳膊，朝他的方向连开两枪。

枪法真烂！陆仁甲毫发未伤，正在鄙视对方，却听到身后传来了枪响的回声：“砰”的一下，第二下……第三下响起时，陆仁甲才确定了这根本不是什么回声。

是警察开枪了！

这么果断?陆仁甲没时间惊讶，因为身旁行道树被子弹打飞出来的木屑已经弹到了他脸上。

我不是抢匪！我没杀警察！陆仁甲真想大喊。但周围全是枪声和旁边百货商店里受惊人群发出的尖叫，此时此刻，喊破喉咙都不会有人听见的。

除此以外，其实陆仁甲心中藏着一个更深的恐惧，让他不敢扔下枪、喊出亮明身份的话。他害怕即便他澄清真相，身后的枪击仍然不会停止，因为这本来就是一场预定好的游戏。

如果真是这样，那他就死定了。

“我死定了”是只有头脑才会做出的判断。身体却从来不愿坐以待毙。所以在身后的警察射出第五发子弹之前，陆仁甲已经猫着腰冲了出去——目标，是前方的百货商店。

三级台阶一跃而上，等待感应门打开的一秒却好像比奥运会开幕式还长。门开得刚到肩宽他就蹿了进去，逃离了门外的交叉火力，进入了门内的世界。

Olay、Maybelline、Staccato、ST&SAT、KISSCAT、Teemix、Le Saunda、佰草集、Enzo、周大福、电梯、取款机和厕所……四五十个形状迥异的标牌，还有数倍于此、几乎如出一辙的惊恐脸庞，同时撞上了他的视网膜，伴随着十几个在枪声中也依然高亢可辨的惊叫源一起，组成了对他的欢迎——

枪手来啦！待宰羔羊在此！

14 别把后背对着人

邹旭东在靶场打掉过不下六百发子弹，在大街上从没打过一发。不只是他，连比他多了十年警龄的老陈也从来没在街上开过枪。这一次，可让他碰上了。

老陈的发福程度在这个岁数的男人里头尚可接受，但在警察里就不怎么样了。岁月没带走他的近视，反而送来了几分老光。架了一副双功能的眼镜，他却仍要抢着开车。

在到达现场之前，邹旭东他们只知道有持枪劫匪打劫了银行，还不知道那枪是真是假。现在他们都知道了。因为有别的警察比他们知道得更早，而那两位同行没能走出那辆千疮百孔的警车。

老陈喊出“举起手来”的时候，邹旭东已经打开保险，瞄准了那个背对着他们的男人。他和训练时做得完全一样，双手握枪，手肘弯曲，三点一线，停住呼吸——理应瞄得很准。

可当不知从哪里飞来的两颗子弹打碎了他们的车窗玻璃时，他下意识地扣了好几下扳机，才发现自己瞄得一点也不准——那个男人飞快地冲进了路边的大楼，毫发无伤的人才会有这般身手。

见鬼，这下麻烦了！建筑物里总是有大把的人质。怎么办？追上去？邹旭东还在犹豫，又一发子弹飞来，听声音是打中了保险杠。

他们只好继续开火还击。这一次邹旭东没空回忆什么标准动作，只管用双眼紧盯住那辆桑塔纳背后指甲盖大小的人头连连扣下扳机。

所以他打中了。桑塔纳背后冒出的那个人形不见了踪影，像突然被蹭掉的反光镜一样。邹旭东聆听了半天，过滤掉老陈惊魂未定放出去的两枪，才确定对面的歹徒乙可能真的中弹了。

邹旭东已在心里给他冠上了“乙”的编号，显然逃进大楼的那个才算得上歹徒甲。这可不光是先后顺序的问题。电视里不都是这样吗？那些没名字的角色也有主次之分：甲有台词的时候，乙不一定有；甲被痛扁的时候动作一定比乙复杂，死起来也比较好看；哪怕演强暴戏，甲脱了裤子，乙也只能在一旁淫笑……不知道他们退场以后，领的便当一样不一样？

警员邹旭东在大街上成功击倒了歹徒乙，但歹徒甲跑进了全是人的百货商店，余下的任务难度显然超过了一半。

就在邹旭东这么想的时候，百货商店里突然冲出来一个人，伴随着“嗒嗒嗒”的声音。

邹旭东立刻瞄准了他，但发现他跑得飞快，正要移动枪口重新瞄准，才看清这个“他”其实是“她”。这是个穿着银灰色短裙和黑丝袜的女人，双手毫无意义地乱舞，几乎让人以为她拿着武器，脚步却像羚羊一样迅捷，还有同样的弹跳感。“嗒嗒嗒”的声音来自于她脚上穿的高跟鞋。邹旭东估计，同一个女人，如果在运动会上发给她一双跑鞋，可能跑得只有现在一半快。

很快有别的人跟在这个女人身后跑了出来，邹旭东下意识地把枪口移过去，不出意外地发现那也不过是受惊的群众而已。面对警察的枪口，他们并无退缩之意，只是跑得更加凌乱了，好像被碰倒的药瓶里洒出来的六味地黄丸。邹旭东不知应不应该喊两句什么，像“不要慌”“保持镇定”之类，但他心里明白这完全没有用。

在工作日的下午，这座城市竟会有那么多逛商店的人！歹徒甲会不会混在人群中跑出来？邹旭东瞪大眼睛搜寻着条纹衫裤，许久以后才觉得对手不会有那么聪明大胆。

透过车厢，他看了一眼警车另一侧的老陈。枪声停止了都有一百年了，这老小子仍躲在车门后面，发梢距离车顶有一公里之遥，握枪的姿势，说明了每一根手指都恨不能往后更缩一步好把别人顶在前面，枪口在这样的支持下不可避免地斜指天空，若在夜晚，说不定能射中月亮。此时邹旭东才注意到，老陈刚才停车的时候用了一个漂亮的急刹左转，这样离枪口更近的就肯定不是自己这边。

干得漂亮。

怎么办？和这样一个家伙商量吗？是的。一个声音说。结论一定是固守待援。这是最好的选择了不是吗？如果有人质被挟持了，也没办法。只要守在门口等待一会儿，特警会来，领导会来，说不定谈判专家也会来。还有新闻记者，他们会让一切看起来像一场电影那样安全。

三十三岁的警察邹旭东吐出一口气，双手握枪，枪口垂直指向地面，弓腰收胯，小腿紧绷，在人潮里逆流而上，跑上了百货商店的台阶。

他不知道自己为何如此。事后如果有记者采访，他一定会被诱导说出如下理由：歹徒甲应该惊魂未定，将他一鼓成擒正当其时。

在百货商店的底楼，邹旭东看到的景象与陆仁甲大不相同。化妆品和珠宝的柜台形成了一个个死角，皮鞋专柜前的镜子偶尔还来添乱，每一个地方都危机四伏。还没逃离的顾客不多，但个个都像“水果忍者”里冒出的炸弹，考验着邹旭东的眼力和神经。他几乎要骂娘的当口，一个穿黑马甲的女营业员做了一件有用的事——伸手指了指电动扶梯，又朝斜上方指了指。

邹旭东点点头表达了谢意，挥了挥手让她赶快离开。女营业员听话地照做了。

在跨上自动扶梯之前，邹旭东朝上张望了一下，不出所料毫无异状。歹徒不会勇敢到一夫当关地守在电梯口，就像他不会傻到去乘箱式电梯，把自己的行踪留在摄像头里。

那么他会不会躲在某个柜台后面瞄准着楼梯口呢？邹旭东看了

看自动扶梯的位置，想象了一下2楼的布局。不会吧，要躲在看得到楼梯口的随便哪个位置，都没法兼顾箱式电梯和消防通道口。不过，歹徒也许很笨。如果他很聪明，就不会逃上楼去。要是向下逃到B1层，还能从车库离开。但也许他笨到根本不会想到埋伏在楼梯口。怎么办？他会不会笨得恰到好处呢？

望着一格格向楼上滚去的自动扶梯，邹旭东“一、二、一、二”地默数着，渐渐地这有节奏的数数声好像警校教官的口令，压过了其他一切思考。

他迈步踩上了电梯。

即便在这种时刻完全没有必要左行右立，他仍下意识地站在了右侧。

没人规定歹徒一定要站在楼梯正面迎击，不过邹旭东还是握枪指向前方。

一顶帽子在活动的地平线上迎接了他。

是顶女帽。

属于一具模特。

这层是女装，顾客当然大部分是女人，都跑得一干二净了，很好。歹徒甲会不会穿上一身女装扮成模特以为可以蒙混过去？不可能，那是电影里才有的情节。

但邹旭东还是不疾不徐地把整层都扫了一遍，模仿了CS里的持枪动作。从文胸和内裤间穿过时，他告诉自己不要介意，但还是不由自主地多看了几眼。一条掉落在地的围巾几乎绊了他一跤，他伸手去扶身边的模特，顺带扯下了一块上衣吊牌。¥2399。不如去抢。

他妈的难怪有人要抢。

邹旭东再次登上自动扶梯，这次他没有那么紧张了，虽说面临的危险其实更大——这栋楼有7层高，歹徒甲不在第1层和第2层，那么在第3层的概率就是……五分之一，不用说，比刚才的七分之一和六分之一高了。高了多少？邹旭东脑子里做着毫无意义的分数运算，好缓解一点紧张情绪。但马上意识到这不对，紧张让人不舒服，但在很多时候能救人命。

3层还是女装，但更花哨、可爱一些，是为年轻女孩准备的。邹旭东的老婆衣柜里也有这样的衣服，只不过近几年穿得越来越少了。直到现在她有时还会突然变成十几岁女孩的娃娃音，发出欢喜的惊叫，特别是在看到某些东西时，比如Hello Kitty，或者那种睫毛长长、半人半猴子的毛绒娃娃，还有柜台旁那一人高的玩具熊——

玩具熊的背后有一块灰色的布料露了出来。

邹旭东立刻举起枪，喝令道："不许动！站出来！"

一个男人从玩具熊背后走了出来，高举起手，表情呆滞，身穿廉价西服，左胸前缝着块名牌，衬衣领子有一只翻在了外面。是个营业员。首先他没有逃跑，其次他躲在这里一动不动，该说他胆大还是胆小？邹旭东没时间理会，压低声音问了句："看见他了吗？"

营业员点点头："他上楼了。"声音有点颤抖。看来他是吓坏了。

邹旭东瞥了一眼一旁的箱式电梯，两个提示楼层的数字都是"1"，没有人从楼上下去过。"快下楼。"对营业员轻声交代了一句后，他换枪到左手，迅速地在裤脚上擦了擦手心的汗，再一次走向自动扶梯。

现在，概率是四分之一了。

陆仁甲站在这个愚笨的警察背后，把手伸向后裤腰。那里没系皮带，但得益于裤子原来的主人腰身苗条，仍然勒得住那把手枪。皮带，现在捆在它主人的手上。袜子，陆仁甲没时间穿，塞在了口袋里。他用了一条领带而不是袜子来塞那个营业员的嘴，说明他还顾得上一点礼貌。这种体贴是互相的不是吗？所以真正的营业员很老实地躺在柜台后面，没发出一点声响不是吗？所以，现在没必要撂倒这个警察，不是吗？

但是，陌生的衣服，陌生的场景，陌生的对白，还有几分钟前还算陌生、后来却迅速熟悉起来的枪柄的触感，那件被他用来擦过脸、沾满血渍团在柜台后面的病号服，加上刚才每个人看自己的恐惧眼神，这一切都让陆仁甲觉得自己可以变成另外一个人。朝枪口冒出的硝烟吹一口气，看着地上的对手垂死抽搐，扬起单侧嘴角一笑，目露凶光。一个约翰·韦恩，一个周润发。

手指接触到了冰冷的金属握把，另一头，击发过的枪膛在皮肤上留下的温热，好像告别的吻，来自急不可耐再次出发的人。

别人校园里的球场上，垒包间的白线是新画的。

该投一个坏球牵制了：捕手对着陆仁甲打出了暗号。陆仁甲摇了摇头。已经是九局下半，球数两好一坏，对方肯定也会想到这一点。所以要反其道而行之。

掌心球？第一球已经用过了。而且和坏球的区别太大。

外切球？ OK。

对方果然目送。

赢了！

一定有人欢呼了。是谁陆仁甲记不清了。

他记得的是自己在六局下半起担任救援投手，取得九出局，三安打无失分。打击轮次则是在两好一坏时上了当，把一个坏球打出了界。不算什么上佳表现，但保住了胜果。

陆仁甲从来都知道什么时候应该干什么。

凉席发出短促的刮擦声，膝盖的皮破了，但陆仁甲无暇顾及，胳膊被身下的女孩掐进了三片指甲，却还不是他身上唯一有感觉的地方。

完事时他看了闹钟一眼，好奇其他这个年纪的男孩是不是也都在意时间。他把胳膊垫在女孩脖子底下，算是尽到了拥抱的义务。薄纱窗帘阻住了大半阳光，玻璃隔开了部分蝉鸣，陆仁甲的空虚，也许全是因为这种什么都只做了一半的半吊子感觉。

“你也是第一次吗？”女孩的声音很轻，却和纸巾上的血迹一样不容人忽略。

在说出“嗯”以前，陆仁甲特意转过脸去，看着她的眼睛给了她一个微笑。这是负责任的撒谎者应有的操守。

他知道这时候女孩会翻过身来抱他，但额头上的一吻让他有点意外。不过他很快派出左手摩挲长发做了回应。

陆仁甲从来都知道什么时候应该干什么。

陆仁甲打了一个温莎结来搭配烫过头的宽领白衬衣，拉过凳子时放慢了动作，坐得腰杆挺直双膝并拢——这一切都显示出职场新人应有的恭敬紧张。“1080”是一家虽然经历了爆发性成长，却并不宣扬前卫张狂的IT企业，这一点从面试他的Andy的穿着就能看得出来。

“如果你所在的团队开发某个产品，你在其中做出了某个创新，最后这一点让产品大获成功，而团队其他成员并不知道这创新是谁做的。在庆功宴上，你会怎么做？”

“我会告诉所有人这是我做的。”

“你有没有想过同事可能会为此感到不舒服？”

“想过。但公司付薪水给我不是为了让同事感到舒服，而是为了创造价值。我相信给表现优秀的员工好评价，能够鼓励所有员工创造更多价值。”故意停顿了一下，陆仁甲说出早已想好的话，“从小到大，我一直是当鲶鱼的。[1]”

Andy没有表情，不久以后，陆仁甲会发现这就相当于微笑了。

陆仁甲从来都知道什么时候应该干什么。

1 指“鲶鱼效应”：传说捕鱼者在装满沙丁鱼的鱼槽里放进一条鲶鱼，沙丁鱼会因为见了鲶鱼而紧张，增加游动，这样有助于提高沙丁鱼在运输中的存活率。因此在企业中，将有威胁性的某人加入到原有团队中以提升团队效率的做法被比喻为“鲶鱼效应”。

二十六年来，陆仁甲总是知道自己该扮演什么角色。这些角色，都是他分析利害自己决定扮演的……吗？

也许不是。也许他都是被迫的，只是自己并不知道；也许纵非如此，也有人早已预见他要做的一切。也许他只是生活在自由意志幻觉中的俄狄浦斯，入了戏而不自知的演员，直到最近才得窥剧本。

如果游戏确实需要他扮演一个角色，那会是什么样的？一个在逃亡中迷失自己，逐渐崩溃的真正杀人犯吗？

没门儿。陆仁甲把手从背后垂下来，不疾不徐地朝自动扶梯走过去。在扶梯下降时，对面准备上楼的警察看了他一眼，他微微点头，几乎控制不住报以一笑的冲动。

别笑，傻瓜！拿出害怕的样子来。你难道不是真的很害怕吗？你不怕在刚才拔枪的瞬间，窗外有一颗狙击枪的子弹飞进来？更不用提……你不怕那个想拔枪的自己吗？

陆仁甲重新来到大街上。如果他现在有一块手表或者一部手机，就会知道距自己冲进这扇门，只过了短短八分钟而已，但感觉却比半小时还长。

这座城市的空气远远谈不上清新，尤其是日暮时分，但陆仁甲还是着实狠狠地呼吸了几大口。毕竟他刚刚豪赌了一场，并且赢了——那个警察没有直接朝着他的脸来上一枪，谢天谢地，他不是5W游戏里的人……他本可以在那警察面前坦荡荡地交出枪来，把事实说清楚：自己不过是开车撞了人，可没有武装抢劫，更没有袭过警，他是开了枪，可那算是正当防卫。但他不能冒这个险。

“没准儿游戏只是想继续玩我。”在这个声音尚未变清晰以前，陆仁甲努力把它从脑海中撇去了。

街上有足够的麻烦等着他处理，确切说是等着他逃避。

那辆新来的警车还在，有个警察坐在驾驶座上。应该用什么样的步态、什么样的表情走过才不会引起怀疑？要是有个人能让他模仿一下就好了。该死，距离最后一个无辜民众逃出这里已经多久了？

好在车上的警察根本没注意到他，而是忙着用对讲机说话。这说明警方支援随时可能到达，得抓紧离开。陆仁甲根本没有回头看那三名抢匪倒下的地方，而是快步朝着相反的方向走去。在路过自己坐着前来的警车时，他忍不住看了一眼车上的尸体。苍蝇已经叮上了娃娃脸的眼皮。

枪林弹雨也无法阻挡繁殖的欲望。也或者它本来就与死亡形影不离。

也许是抢来的裤子太紧，或许是从裤腰转移到右裤袋的枪占去了地方又总是晃荡，在大街上快步行走的陆仁甲，发现自己裤裆里不知从何时开始已变成了硬梆梆的。

15

猫和老鼠

离开那个街区以后，陆仁甲下意识地寻找地铁口。四周没有。失望只有片刻，他立刻庆幸自己没那么干：地铁可不是个好主意，人多摄像头也多，是瓮中捉鳖的好地方。

会想到地铁，只是因为他本能地不想待在这危机重重的街面上。距离天黑起码还有两个小时，像观光客似的大摇大摆逛街是绝对危险的，也许会撞上某个刚从百货商店逃出来的人。回家？根本不用考虑，警察一定封锁了那里。他也不能长久逗留在室内，比如超市、银行、办公大楼，那些地方都有摄像头。

他摸了摸口袋，那里有营业员留下的皮夹，他之前一直没空打开看，里面有……居然只有五十块钱？！

这个营业员一定觉得在自己两点一线的生活中，绝不会产生任何需要花钱的意外。看来他结婚了，而且刚结不久。

五十块够干什么？在旅馆开个房间是别想了，何况他没有身份证，有也不敢用。够买几件破烂行头把自己打扮成要饭的吗？也许够，但肯定不够给“帮主”什么的烧香上供。

思考让陆仁甲感到嗓子冒烟，迫切想喝点什么。不能去咖啡馆，那里蹭网的人多，知道消息会比较快，而且大多无聊得不介意管管闲事。麦记或者 KFC？流动人口太多，太危险。自动售货机？除了地铁站，想不出哪里一定会有。

陆仁甲走进紧挨着的两家便利店中人少的那一家。在伸手拿一瓶佳得乐的时候，一个人从背后靠近了他。他骤然转身，险些把拳头挥出去，好在抬头时，玻璃门映照出对方的模样——一个普通的 OL。

他就势转到旁边卖速食品的货架上，撇下那个吓了一跳的女人，假装成只是突然想起自己饿了的人。

然后他发现，自己真的饿了。超市里有便当卖，可以点菜，还有包子、香肠和关东煮。但那样会不得不跟营业员多说几句话。

最后，他拿了一块装在三角形盒子里的披萨。中间他拿起过一个牛蒡餐包，又因为觉得太过小众，可能引起注意而放下了。

在柜台结账的时候他一直低着头，假装对杜蕾斯振动棒的新包装版兴趣盎然。排在前面等着营业员扫完那一袋袋薯片的女人，没空提前拉开钱包拉链准备付款，却有空瞄他一眼，带着鄙视。

终于轮到他了。

“要帮您热一下吗？”培训良好的声音。

他摇了摇头，拿起东西就走。

“叮咚！”自动门打开的同时，店员在背后喊起来：“先生！”

他把佳得乐换到左手，空出了右手伸向裤袋……

“您的找零。”

就算知道了只是最普通的虚惊一场，他也恨不得头也不回就此离开。

但他只有这点钱，三十六块六，不容浪费。

从记事起，陆仁甲就没有在大街上吃过东西。对此他一直没有站得住脚的理由，而现在有了一个：这样你感到难吃的表情就会被别人看到，他们还会觉得你咎由自取。手里的这块东西根本不能被叫作披萨，发明它的人肯定没想到有人胆敢不热一下就吃。但陆仁甲仍然吃得很快，每口咀嚼三十下的习惯早被抛到了不知何处。

等到吃完他才有那么一刻匆匆想起：他刚才好像杀了两个人。

第一次杀人后会感觉想吐，很多小说和电影这么说。也有不少其他小说和电影说，第一次杀人就跟第一次做爱差不多。陆仁甲打了一个饱嗝儿，又特地想了想那个从头到尾都闻得到洗发露味的黄昏，觉得自己没法证明上述两种说法是真是假。也许因为自己不是个好例子。也许因为第一次和第二次间隔太短。

撒谎，偷盗，手淫，伤害所爱……第二次的作用从来都是用来扭曲第一次，让它变得柔软，平常（却更虚假），好消化。但陆仁甲的第二次开枪却没得到这份好处，好像被刚嫁出长女还没来得及细细体会伤感的父母急匆匆送上花轿的次女，稀薄得如同别人的影子。

也许他们没死，只是受了重伤。陆仁甲清楚这种想法里有多少安慰的成分，多得让"开枪完全是迫不得已正当防卫"都显得不那么确定了。

生理上不是全无异状。肠胃里有了东西以后，之前时不时从肚脐上方冒出、一波波扩散到全身的寒意消失了。但眼睛和耳朵作起了怪，陆仁甲许久之后才明白发生了什么：它们敏锐得过分了。

一个棕发女人迎面走来，脖子上挂着一串十一颗珠子的项链，相距不足三米时，她把手伸进了米黑两色方格皮包里，掏出一只手机。按键音的音阶完全一样，听不出她到底摁了什么。

一辆出租车在二十五米外停了下来，十一秒后一个中年男人跨出来，打开后备箱抬出一只银白色的旅行箱。箱子握把上仍残留着机场的贴纸，航班号是MU5114。

公交车站的金属座上，一对身穿校服的少年男女站起身，座位上留下一杯还剩四分之一的珍珠奶茶。旁边的站牌上列着六条线路，最早的早班车是5：35，最晚的末班车是23：06。

卖床上用品的店铺玻璃上反贴着"清仓狂甩，还剩3天"的黑字红纸，"3"字故意打在一张小纸上，却让人不禁怀疑店主是否真的每天撕下来重贴过。

黑色的T恤背后写着两行英语："Be part of my world, we can

hold future in our hands”，T恤下方牛仔裤包裹的臀部却是十足拉丁的。

石制铭牌上写着“二〇〇六年建”，铭牌依附的外墙已泛黄如老烟枪的指甲。

垃圾箱盖上躺着两张纸片，分别是机票和旅游的广告，伦敦、法兰克福、东京、旧金山和周庄、角直、慈溪、杭州层叠交错。

“星期六上午好了。”“他说过了七天不让退了。”“你上次还没吃够啊又要去！”“我转发给你。”“不是绿的，是一半绿一半蓝的。”“她老公你没见过啊……”

陆仁甲从来没意识到过一整条街上有那么多人、东西和事情，他的每一种感官像是各自打了一针兴奋剂，搜寻着谁也不知道会是什么的东西。何时？哪里？谁？或者什么，怎么样？

他想到一款游戏的名字，眼前的情形好像自己正在玩——“找你妹”。这比喻挺贴切，却没法让他有哪怕片刻忘记，其实他玩的是另一款游戏。

没有手机来告诉他“恭喜你 level up”，也没有再出现身背英语提示的捡垃圾老头，但他清楚自己还在游戏里。游戏还在进行。他的感官用忙碌不懈的工作告诉了他。

曾几何时——他觉得那是好久以前了——他猜测有一个疯子想让他神经紧张，好抓住他的破绽给他迎头痛击。而现在，他知道了幕后主使比他原以为的强大得多，却越来越不明白动机是什么。

是，他现在确实狼狈不堪、神经兮兮，但这么做有必要吗？能安排出这一切的人，要整他这么个普通人，还不跟捏死只蚂蚁一样简单？

难道这一切真的不是安排好的？或者安排这一切的是上帝？

理性告诉他这不可能。但理性有多靠得住呢？此外，它还是平时的理性吗？

陆仁甲决定无论如何需要找到一点“平时”的东西。不用看一部《EVA》剧场版，他就早已知道，人会一直穿一种风格的衣服不是因为那样最好看，一直走一样的路线去上班不是因为那条路最短，跟不爱的人还能相守很久不是因为责任心，戴假面具而能持之以恒不是因为诡诈更不是依靠毅力，而是因为人缺少了名为“平时”的陆地就会漂浮，缺少了名为“日常”的空气就会窒息——

好像现在的他，穿着抢来的衣服，鼻腔里萦绕着虚构的血腥，站在一如日常却看起来杀机四伏的街头，随时都打算做点什么好把荒谬推到极致。比如拔枪把最后一颗子弹朝着随便哪颗脑袋发射出去。也许那时会有幕布从天空中裂开，会有工作人员和观众给他鼓掌，好像《楚门的世界》那样。也许不会。但没关系。荒谬到了极致，就不得不露出真面目，划下它的疆界，好像恐怖故事里的鬼怪如果留下确定的形象，就变得多多少少不那么吓人了。

要不就这么干吧。一个没有语调的声音说。陆仁甲把手伸向口袋，捏紧了枪柄。

“你会不会开车啊！”公交车站的路边，一个少妇冲着刚停下来的一辆白色标致408发出怒吼，她推着的童车里发出一声突兀的啼哭，好像一记全垒打，直击陆仁甲的脑门，让他奇怪自己怎么会到这时候才想起：我今天杀的人不是两个。

是三个。

那个在前轮下丧生的小孩。是男的还是女的？围观者依稀说过，是个女孩。

和任何在九十年代长大的男孩一样，陆仁甲看过不少枪战片，在街头开枪命中劫匪的桥段，并不全然让人恶心，还多少给他带来了一点兴奋，甚至自得。而当女孩的事闯回头脑时，陆仁甲才发现任何正面的情绪都纯属幻觉。

你本是个连鸡都没杀过的白领，唯一“杀”过的东西叫病毒，一日之间竟成了个屠夫。

眼前的局面不容他细细品味。标致里走出一个男人，脸色和步履都能看出喝了酒。

“酒后驾车？！你想坐牢啊！”少妇的斥骂声像夏日里劈头浇下来的热粥。

“坐牢谁怕啊！”醉酒者完全不理会这一套，出手推推搡搡起来。

少妇想推开他的手，谁知却激起了对方的蛮劲，推搡很快变成了扭打。原本坐在副驾驶座的另一个男人也走了出来，戴着墨镜看不出表情。他是去劝架的。好，这样就好了。等等，他在干吗？

他大概比同伴醉得更厉害。证据是他一边骂骂咧咧，一边居然伸手把少妇婴儿车里的孩子拽了出来。

少妇惊呼：“你要做啥？！”

是啊，他要干什么？

不管他要干什么，陆仁甲的第一反应是上前阻止。婴儿车距离他不过两米远，醉汉看起来也并不特别强壮。

但是，他的手动不了。

就在刚过去的几个小时里，这双手握过杀人的方向盘，从尸体上拿走过枪，扣动过扳机打穿过人头，可它现在被派去握一条醉汉的胳膊，居然说“报告大王，我动不了”。太矫情了。陆仁甲对自己说，却没法驱赶头脑里那个清晰的声音：

别去，别做任何显眼的事。

你应该当作什么也没看到什么也没听到，默默走过，作为交换，就会谁也没看到你，谁也没听到你。

醉汉抱起婴儿不是像抱起一条狗，甚至不是像捧起一块蛋糕，而像是举起一个奖杯。那婴儿反倒没有哭，好像在这个岁数就已经了解到哭泣只对关心他的人有效，眼前的意外处境值得他安静地观察。醉汉的手举到最高了，陆仁甲看不出婴儿有没有判断出什么来，身体里却有一个声音在怂恿他出言提醒：孩子，你就要死了。

这个婴儿如果也参加了5W游戏，会在游戏中看到什么，又选择了什么？是“2015年7月8日”，是“被过路醉汉高举过头”，还是自己的名字？不，他连话都不会说。那么是谁替他做的选择，谁选择把他拖进了游戏？玩家是那女人吗？玩家是那个司机吗？玩家是那个正准备行凶的人吗？还是熙熙攘攘的人群里，冷眼旁观的任何一个人……

陆仁甲的所有这些念头都出现在一次打雷的时间里，它们好像知道自己的时间不多，如不抓紧出场，就会马上让位于目视暴行而无动于衷的自责后悔。

一只手钳住了醉汉的手腕，紧跟着是另一只，托向了婴儿，保护他不被伤害。

这两只都不是陆仁甲的手。

是一个路过的男人夺下了婴儿，说着“你昏头啦”之类呵斥的话。他的长相、穿着陆仁甲都不关心。那些突然冒出来、如梦初醒般七嘴八舌的人们说了什么，他也不关心。那个婴儿没事了。不会再死人了。没有游戏。如果有，也被破坏了。

他可以继续低头向前走。

但是，能走向哪里？

在答案明晰以前，一辆公交车避过标致停靠在车站上。陆仁甲跨了上去。

这不是一条陆仁甲熟悉的公交线，但车窗外掠过的风景与城市的其他地方大同小异。成片的商业区在一分钟内就退去了，随之而来的是一段因为拆迁成本高昂而被时间抛弃的街道，好像老相片般，陈列出二十年前风格的小饭馆、鞋店、面包房、发廊、网吧……

网吧。

陆仁甲第一眼看到它，就立刻拿定了主意，挤向下客车门。

陆仁甲上一次在网吧通宵还是大学时，热衷团战的“周爷们”，敲开六扇寝室门，挨个儿问“通宵吗”，并给每个回答“去”的兄弟递上一张十块钱，活像发英语培训广告的小哥。今时今日，这样的经验给了他提示，在没证件投宿旅馆，也没钱藏身浴场，更没胆量睡在公园的窘境中，他至少可以在这里猫一晚。

而且更重要的是这里有电脑。没有电脑，就算口袋里揣着一支枪，陆仁甲也觉得自己好像赤手空拳的战士，脆弱而尴尬。

无论怎么抵抗时间，网吧这种地方毕竟也和二十年前大不一样了，成排的显示器无论什么牌子，都是至少二十五寸的，但好在这里不是那种窗明几净，提供饮料咖啡、情侣雅座和会员充值卡的网咖。

“身份证。”

“拜托，我看着还未成年吗？”

管理员小哥看了陆仁甲一眼：“不是成不成年，按规定……”

“按规定这还算赌博呢……”陆仁甲指了指柜台对面靠墙摆放的三台老虎机。

小哥不再坚持了。

“手机号。”

“手机号？”陆仁甲那年月上网吧倒是没要过这个，“要来干吗？”

小哥的眼神里已经透出了看土包子的不耐烦：“发密码给你。”

“哦，手机没电了，你直接告诉我得了。”

小哥叹口气，甩了支笔给陆仁甲：“账号是070915，密码是011638。”

两组六位数而已，出于自尊，陆仁甲很想不用笔凭脑子记，但以防万一——尤其是在经历过那么多万一之后——他还是拿起笔把这两串数字写在了手上。

网吧的上座率有八成左右，组队玩家们吆喝的口音，说明了第二代进城务工人员已经与父辈们的业余生活截然不同。陆仁甲尽可能地找了一个左右无人、背对门口的位子坐下。在等待开机的十几秒里，他发现了这个位子空着的理由：Z、X和S键被烟头烫得凹下去了一块，看着很不舒服。

好在按键本身没坏。陆仁甲打开IE之后在地址栏里试了试，这不是机械键盘，但好在他现在也不追求速度。

软件方面，主页面上跳出来的是LOL，星际2，甚至还有象棋之类的冷门游戏，还有就是视频网站。固然没有Wireshark和UltraEdit之类的工具，但网速不错，想要什么都可以下载，包括他藏在云空间的Hot Pepper。

他要找到谁，至少QQ是现成的。

陆仁甲当然不能用自己的QQ登陆。绑架犯、小偷乃至皮条客因为QQ被追踪而落网早已屡见不鲜，尽管非常想掌握现状，陆仁甲也不敢直接登上去问一问周致淑：现在是什么情况了？警察来找过你吗？

微博哪怕仅仅是只看不发，现在也要求你登陆，陆仁甲花几分钟扫了一扫主页，完全没看到枪战的任何消息。

封锁得倒好。

这时候要能看看朋友圈就好了。

朋友圈……朋友……突然陆仁甲想起来，自己帮王珍妮找回过QQ号。

她的号码是什么来着？

16 女生的房间

⋆ 2015年7月8日星期三　19：31

陆仁甲送周致淑回家一共有六次，最远的一次到了楼下，有三次甚至没把车开进小区。不过他在淘宝上为她买过巧克力、牛轧糖、香水和《相遇是比爱更美好的事情》，所以理所当然记得地址：12号楼401。

绝大多数小区的门口保安都是摆摆样子的，要在他们眼前扮好人，用不着开好车。如果换了平时，陆仁甲会大摇大摆地走进去，但是今天，他不得不格外谨慎。

小区门口的地摊上，小贩陈列着各种商品，从大白布偶到眉笔口红。即使作为山寨货，这些太阳镜和帽子也都太贵了。

但陆仁甲足够聪明，所以买了最便宜的换装道具——一双夹脚拖鞋。

换下来的皮鞋扔到垃圾箱里就行。休闲西装可以脱下来挂在肘上。为了盖住手枪，衬衣已经从裤子里拽了出来。

“去哪里？”保安问。

陆仁甲回答了一个自己也立刻会忘记的楼牌号。

保安点点头，头也没抬放行了。

这其实不算冒险。看见一个拖鞋在脚上踢踢踏踏的男人，任何保安都会以为他是不久前才出去溜达的住户。

12 号楼门口，陆仁甲在门铃前踌躇，如果有什么人——警察或者更可怕的人，在周致淑家里等着他，他也许可以从她的语气里听出端倪。

一个穿着荧光色裤子的初中女生从身后走来打开了门。陆仁甲顺势跟了进去。

电梯来了。一个推着助动车的阿姨走了出来，身后跟着提着买菜篮的爷叔。陆仁甲小心翼翼，看谁都可疑，但毕竟没有神经过敏拔出手枪。

轿厢里，少女摁下了 8 楼，陆仁甲摁下 12 楼。

电梯平安无事地停在了 8 楼，又停在了 12 楼。

401 是离消防梯最近的一间。门口留着一双女鞋，暗示治安不错，也暗示着没有别的人在屋里，否则他的鞋子也会留在外面的。

但这不能打消陆仁甲的怀疑。他当然应该怀疑。他开的车还停在周致淑的幼儿园门口，很快能够查到车主。一旦跟车主徐杰联系上，他们就会知道陆仁甲是开着这辆车去找女朋友的，而女朋友就在这家幼儿园里工作。她会被询问一些问题，也许会被要求一有陆仁甲的消息就汇报，也许会被直接监视起来——这前提还是找到她的是警方。若是别的什么人……

陆仁甲不知道这些“什么人”是什么人。只知道他们可以凭一个拾荒老头背着的一块铁皮，和在车窗上一根手指划出的痕迹，就左右一群人的生死。他完全不知道为什么会被盯上，自己有什么特别，值得别人这样大费周章，但他确实经历过九死一生，所以只能对自己的女友家是不是一个张口欲噬的陷阱充满怀疑——不知道挨打的理由，不妨碍人在挨打时闪躲。

但他没有别的地方可去了。他没有钱，没有身份证，没有手机。他有一把枪，一颗子弹，但他不想再去惹出一场抢劫。他的脸随时可能出现在电线杆上、电视电脑和手机的屏幕上，让每一个看见的人提供线索。他急需一个头上有屋顶、四周有墙壁的地方休息一下。如果有张床当然就更好了。床上有没有人都没有关系。

他摁下了门铃。

尽管先从猫眼里看过门外是谁，周致淑打开房门时的表情仍然是惊讶的。

“仁甲……”

陆仁甲能分辨出这种意外的背后并没有对危险的警告。而且他终究能想到，如果有陷阱的话，跨不跨进房门都没有什么区别。

所以他进了门。

陆仁甲第一次进到这个屋子里，若非在这种情况下，他的兴致一定会高昂许多。厅不大，墙面涂了一层绿色的海藻泥，挂着几幅孩子画的水彩画，沙发一大两小，最多能坐下四个人，亮起的吊灯罩上四角都有翅膀，一米五长的餐桌贴着橡木皮，鞋柜上摆着一个形似萤火虫的娃娃……如果他观察得更仔细，还能看到被无意间压在化妆水瓶子下面的屈臣氏收银条，被夹在《格调》里当作书签使用的海淘美妆店的客户感谢卡，粘在餐桌垫上的一根假睫毛……典型的女生房间，没有什么可疑的地方。

但是事情非常不对。

如果周致淑对今天发生的事毫不知情，她应该奇怪为什么按照计划早该由徐杰接到她家里的陆仁甲现在才出现。她应该早就回过电话，因为发现没有人接而着急。但是她看起来并不着急，而是在陆仁甲环顾四周，把屋子看了个够之后，才勉勉强强地问了声“今天怎么样”，好像一个等待丈夫回家的妻子，在最平常的一天里会说的话。

陆仁甲直视着她。

“你到哪儿去了？怎么电话也不接？”

这是稍微合理的问话，但在陆仁甲的眼里，周致淑的表情比起关切来，更像是紧张。经历过这些事之后，不容得他不想到，自己的女朋友除了胸是真的，会不会一切都是假的。

“我上个厕所。”

他不够钱打车，所以坐公交车来，一路上花的时间超过四十五分钟，想要撒尿情有可原。而更重要的是，洗手间是个观察的好地方。

牙膏是挤了一半的，从中段开始瘪下去，牙刷毛刚刚有一点外散。

镜子上留着几点水渍，都在边缘容易忽略的地方。洗手液的瓶子几乎是满的，润肤露倒快用完了。马桶很干净，但没干净到发亮的程度，仔细看能发现垫圈套有一点磨毛。卫生纸用剩了三分之一卷。角落里有一只装马桶刷的不锈钢套筒，筒口处一条条水流状的锈迹清晰可辨。垃圾桶里有卫生护垫。地砖上能找到几根头发，粗细一致，发色也和周致淑的相去无几。

总之怎么看这都是一处有人居住的住宅，和一座临时搭建出来的摄影棚相去甚远，这让陆仁甲心里一宽。

他是不是错怪了她？也许真的没有人告诉过周致淑，今天下午在幼儿园门口撞死一个小孩的司机正是她的男友，更没有人告诉她，之后他还卷入了一场枪战，有袭警的嫌疑，目前仍然在逃。

那么她难道没有打过电话去问徐杰吗？徐杰难道没有作为肇事车主，被警察询问过吗？

也许在发生枪战的当口，警察根本没有闲工夫去查一辆肇事车的车主。

也许带走陆仁甲的根本不是警察。也就没有什么通知相关人士可言。

但车被开走的徐杰难道就没有问过周致淑一声吗？她会不知道陆仁甲早已失联？

还是非常可疑。

陆仁甲打开水龙头冲了冲根本无须洗的手，走出厕所，准备对周致淑进行新一轮试探。

厕所旁边就是周致淑的卧室，门没锁，灯没关，如果是平时，陆仁甲也许会恪守不乱看女孩子闺房的礼仪，但此时此刻，当然要扫上一眼。

瓶瓶罐罐。电脑。衣服。杂志。小东西。各种小东西。陆仁甲眼中所见和所有直男眼中的女生卧室一样。这里不是排列着几排监视屏、好像飞船驾驶舱的异空间，这也许让他有点失望。

但他还是没有看漏那件最要命的东西。

它就躺在床头的架子上。

24-70 红圈佳能防抖头，反扣的遮光罩，黑色机身——九成新的 60D，他的相机。

为了确认，他走向床边，想近距离观察。拿起相机在灯光下一照，任何人都能够清清楚楚地，在机身正面握把的底下，找到那一道在黄山上留下的小磕痕。

陆仁甲像被蝎子蛰了一样拔出手枪，冲到客厅里。

这里仍然只有周致淑一人，几乎让他意外。但面对这看似柔弱的女子他也不敢大意，直接用枪指着她的头，大吼道：“你到底是谁？！”

“我……你什么意思？”

“别跟我装蒜！相机！我的相机在这儿！”

在锦江乐园的储物柜里不翼而飞，变成了五十万现金的相机，出现在了这里！

周致淑不需要进一步说明，微笑了起来：“好啦好啦，投降。”

她的轻松并没有让陆仁甲放下手枪。

“这是怎么回事？”

“你一点也没猜到？”

“……”

“都是假的呀。”

“什么是假的？”

周致淑开始一五一十地告诉陆仁甲什么是假的——

5W 游戏网站是真的，停电是假的。

让他黑进去的系统漏洞是真的，说要“杀了白子”是假的。

警察夏龙一是真的，但网名夏洛克是假的。

出租车司机是真的，阿丙的照片是假的。

坐摩天轮的人是真的，但手里的遥控器是假的，爆炸是半真半假的，来自于什么“气浪弹”，而且一定会等到陆仁甲逃出门外才会引爆，木门的碎片只是小失误而已。

敲门的警察是假的，来病房的警察是假的，抓他的警察也是假的，劫匪当然也是假的，小孩死了也是假的，所有的死亡都是假的。

所有死亡都是假的，这是此时此刻陆仁甲最愿意听到的话了。

他立刻就想问一个 How：这一切是怎么办到的？

车祸是怎么造假的？他只听到惊呼，感到了撞击，没有亲见尸体。

子弹和血浆呢？是道具。

电视上的程铭道是怎么回事？ PS 出来的假新闻。

冒充警察难道不是犯罪吗？只要不被抓到。

可当他真正开口时，问的却是在游戏里没有出现过的第六个 W ——Why。

“可是，为什么？”

“因为……你不是看过《心理游戏》吗？”周致淑告诉陆仁甲，陆仁甲当然看过。《楚门的世界》里主人公以为的真实世界只是一台电视节目，而《心理游戏》里的迈克尔·道格拉斯经历了一系列不明理由的磨难，最后才知道这一切是他的弟弟和家人伙同一家专业公司为他准备的冒险游戏，为了“给他点刺激来庆祝生日”！

“你们公司全体动员了，Andy，徐杰……都围着你转，这才是个游戏呀，你玩得真好！”周致淑对陆仁甲张开了双臂。

“就因为这个？！”陆仁甲拒绝了周致淑的拥抱，也没有放下手里的枪。

“还有你公司不是在开发‘黑盒子’吗？其他人做测试都被猜准了，只有你老是预测不准，老是让产品不过关。所以他们想整整你啊，看能不能把你的每个反应都预测到。”周致淑笑眯眯的，好像为丈夫骄傲的妻子，“不过他们没跟我说预测到你要来我这儿，看来还是你赢了啊。”

都是假的。没有死亡，没有真正的危险，没有不可挽回的过去。一切只是一场游戏，再劳师动众也是一场游戏，只是对陆仁甲不走寻常路、难以预测的脾气的一场挑战。

这解释非常美好。

“你不信？”

陆仁甲很想信，但不可能因为这三言两语立刻就信。

“拿着个假枪指着我，”周致淑笑着摇头，“不信你扣扳机呀！”

假枪？后坐力很大啊。难道是空包弹？玻璃碎了呀。空包弹也能打碎玻璃。

见陆仁甲没有放下枪，周致淑不屑地伸过手，一把抓住了手枪。

陆仁甲一愣，他有点想回夺，但并不坚决，因为他在内心深处希望周致淑说的一切都是真的：这不过是场恶作剧，而证据就是枪是假的。

但假枪怎么会在娃娃脸的脑袋上开出洞来？

陆仁甲还没来得及抽回枪，扣在扳机上的食指就被摁了下去。

“砰！”

枪响了。

一朵血花绽放在周致淑身后的墙上，占据了儿童水彩旁的空白，突兀如一幅后现代艺术作品。

窗外，警笛响了起来。

17 唱完歌以后

⋆ 2015年7月9日星期四

一年零六个月以来，徐杰第一次孤身一人从“皇豪”中走出来。身边没有女生，并不是因为他的搭讪实力退步了，而仅仅是因为不想。

他的车不在手边只是原因之一。

酒精、音乐、光影、鲜活的肉体散发出的热力，这些只是前奏，是昂贵珠宝的免费包装。这个晚上最重要的部分，他不愿和任何人分享。

一个人在天空下，在拒绝无限也没有边际的宇宙中，在无所谓自尊和理想，如醉鬼般倏忽来去、随波逐流的微小星球上，在无从量度的过去和难以描摹的未来之间一个无法定义的点，面对一切的规则和规则的制定者，说出那句唯一有意义的话——“我在这里”时，必须是孤身一人。

他当然曾经自我怀疑过，也许自己并非被选中的，不过是芸芸众生中的一个，甚至连使用“一个”这词都属僭越。谁不会呢？任何一个有理智的人，在窥见他所窥见的纷繁时，都会望而生畏。好像面对着一场选拔的跳高运动员，发现待跃过的横杆在尘世间的倒影也仍然在云端之上。好像闯进了一个迷宫的冒险者，却发现连迷宫的地图都一眼望不到边。好像一个从显微镜的物镜头遥望目镜头的衰老细菌，在经历过几百代子孙的生死后，领悟到属于自己的永恒只不过是他人的一瞬。

安心接受是莫大的诱惑，而他没有被引诱。

多少年来，他小心翼翼地绕开了所有的陷阱：怠惰导致的短视，激昂导致的盲从，谨慎导致的自卑，自傲导致的粗心，冷漠导致的迟钝，热情导致的乖谬；看着同行者一个个减少，不免死狐悲，不幸灾乐祸，把这当作必然会实现的天命，又时时警觉毫无根据的狂妄，在这唯一的问题上不作揣度，仅仅是安然接受。

这是只要失败了仅仅一次，就再也无望追逐胜利的游戏。而他经受住了考验，一次又一次。

他也收到了酬报，每一次都比上一次更丰厚。

这一带修路已修了几年，车辆纷纷改道，这个点已没了行人。风已不小，甚至遮住了天边隐隐的雷声。但他还是没有着急叫一辆专车，而是选择走一走。

上一次，还有上上次，等待着 level up 的晚上，他都是一个人，都在走一走。

但这一次，他却不是一个人。

察觉到身后有人跟随，他的第一反应就是：我被卷进游戏了。

第二反应才是：这可能是巧合，只是偶然同路的人罢了。

但这个反应没有持续多久。他放慢了脚步，想等对方超过去，结果对方也放慢了脚步。

徐杰没有用电影里被跟踪人物的主流做法加快脚步，那些弱智编剧的逻辑在他这里行不通，步行不可能甩掉任何人。

所以他立刻转过了身。

如果需要面对什么，那么越早面对越好。

他面对的是陆仁甲。

路灯在这一段街道并不很亮，也许是出自夜店生意的要求——从喧闹中走出来的男女，谁也不想那么快看清对方在真实世界里的嘴脸。但徐杰还是第一眼就认出了陆仁甲，这个和自己同事了两年半的男人。

而且还看见了他手里的枪。

一辆改装跑车引擎轰鸣着驶过，除此之外，街道上寂静无人。风也似乎因为觉察到有好戏看而停歇了下来，只有雷声，好像刚抢到独奏位置的乐手般不甘沉默。

“Reggie，你怎么在这儿呢？警察到处找你呢……”

“别装蒜了。”

在徐杰记忆里，陆仁甲的声音从来没有这么冷过。

“你说什么？”

陆仁甲不耐烦地叹了口气，曲肘握枪的手又伸直了一点：“我说你不用装蒜了。我已经看过了你电脑里写的……剧本？该这么叫吧。”

徐杰咬紧了牙。他入侵我的电脑了。他想。这也就让“你是怎么找到我的”变得不值一问，他的电脑装了 Find My iPhone。

所以他问了个有意义的问题：“你怎么会怀疑我的？”

“我没特别怀疑你，只是一举一动都被设计了，总会觉得身边的人有问题吧？在联系你们之前，我想把你们每个人的电脑都查一遍。”

“我是第几个被查的？”

“第二个。”

徐杰点了点头，自我安慰似的说：“毕竟你还是怀疑周致淑多一点。”

“不，第一个查的是王珍妮。”

“你觉得她最可疑？”徐杰真的意外了。

“不是，按照姓氏拼音，她排在你前面。”陆仁甲回答得面无表情。

是啊，王 -W，徐 -X，周 -Z，原来是这个顺序。早该想到。徐杰把牙咬得更紧了。

而陆仁甲开始了进攻。

“我第一次知道How还可以写这么长。那么What是什么？‘陆仁甲杀死了自己的女朋友，被绳之以法’，还是‘陆仁甲杀死了自己的女朋友，因为拒捕被击毙’？”

徐杰从未低估眼前这个男人的能力，有一台电脑，他就能挖出许多秘密，这不正是这场游戏成立的前提吗？可他从哪儿弄的电脑？网吧吗？难道不用身份证就可以进去吗？

“你怎么知道周致淑会扣扳机？她的脾气还真做得出来，我看得都冷汗直冒，如果不是我先看到这些，也许事情真的会跟你写的一样。”

当然。事情本来就应该和我写的一样。那些会写错的人，早就在之前的选拔中被淘汰了。徐杰抬高下巴，身体站得更直。自信是必需之物。支撑自信的，是精英的实力。

迟迟等不到回答，陆仁甲把赞赏换成了挑衅：“一朵血花绽放，这么俗套的词儿你是哪儿学来的？你以前是校园诗人？”

徐杰仍然一言不发。他曾被比这刻薄千百倍地贬低过，好不容易才爬到现在的位置，没靠任何人的赞誉，全靠一点一滴地证明自己的价值。他是真材实料的。

“你要想继续沉默随你的便，我只问一个问题，只问一遍：Why？”

徐杰心想：你当然会问Why，正如我早已写过的那样。

“听不到答案，我就开枪。”

如果不回答，他当真会开枪吗？

徐杰的骄傲让他不能承认这个问题的答案他不知道。

“黑盒子。”于是他开了口。

“什么？”陆仁甲起初以为自己听错了，随即才明白徐杰说的是什么，不禁勃然大怒，“你还想用这种鬼话唬我！什么因为我在测试的时候太难猜，公司里的人就准备了这场恶作剧！”

“不，这不是公司里的人干的，也不是恶作剧，都是真的。爆炸是真的，死人也是真的，你枪里的子弹也是真的，所以你要是能不指着我就最好了。”

陆仁甲当然没有移开枪口，但他脸上的怒色被茫然取代了。看得出，尽管可能性渺茫，他还是指望经历的一切是某种巧妙的花招，而非不可挽回的事实。可怜可笑。

“‘黑盒子’是1080公司做的一个商业系统。你可以想象，你经历的事，是为了做一个更大、更复杂的系统……”

“鬼扯，你到底在说什么？”陆仁甲仍怒形于色，眼睛里却透着迫切的求知。

“想想看‘黑盒子’是怎么开发的，首先是……”

“收集信息。”

“没错，首先是收集信息，在做‘黑盒子’的时候，就需要收集海量用户信息。而你玩的这个游戏，收集的信息才是真正的海量……”

“多海量？”陆仁甲理应有此一问。

徐杰扬了扬眉毛：“这么说吧，世间发生的所有事。”

如果这时拥有键盘或者纸笔，而非仅仅两片嘴唇，徐杰就能写出鸿篇巨制，告诉陆仁甲什么叫作“所有事”，而现在，他只能相对简明扼要一点，“不管是朝鲜放卫星，IS搞恐袭，陈奕迅开演唱会，《权力的游戏》跳档……”

他用拇指指了指“皇豪”的方向：“还是里面一个小妞唱歌跑调，什么信息都会被收集。”

“收集来干什么？”

“当然是预测，跟‘黑盒子’差不多。”

“预测什么？”

“所有事，”徐杰露出在面对“9.0+”的美女时才会装备的微笑，“将要发生的所有事。”

陆仁甲只是张了张口，还没想好如何发问，徐杰已经主动回答了。

“‘所有事’就是指所有的事——唱歌跑调的小妞会不会被客人换走，被换走以后她会不会朝果盘里吐口水；那辆空车的司机会不会在下个路口转弯，还是会继续等红灯；明天早上在这个路口卖早点的小贩，被城管抢了家伙会不会躺到车轮底下……”

“城管是你们派的？”陆仁甲显然想到了自己面对过的小女孩、抢匪和警察。

“我不知道，只是打个比方。”徐杰做个鬼脸，“如果那小贩是个测试员，也许会有差不多的安排。”

“什么测试员？”

“这跟设计软件完全一样，设计师把程序写出来，测试员就去测试它，看看它会不会出错。想想我们怎么测试‘黑盒子’的？”

陆仁甲真的想了想："让公司所有人都参与测试……"

"没错，看看它能不能猜对你去哪里吃饭，去哪儿买衣服。这样我们每个人都是测试员，发现程序猜错了，就把出错的地方改掉。"徐杰兴致更高了，"但这个游戏比'黑盒子'复杂得多！要想把它做成功，就需要无数设计师，做无数测试。本质上这和天气预报差不多：搜集足够多的信息，构建足够多的模型，然后让足够懂行的人来分析，给出预测……"

"天气预报经常出错。"陆仁甲插话。

"那是因为他们没有可靠的系统也没有真正的专家。"

"这样的系统……不可能，运算量太大了。"

"要是你在乎电费，也没足够的地方摆存储器，那的确是太大了，否则，就根本不算什么问题。更何况，你知道这世界上97%的电脑预算能力是被闲置的，云计算早就在普罗大众中间流行起来了……"

"你是说把那些不打LOL的人的电脑偷偷用起来，帮你们搞预测？"

"为什么不呢？"

"这光靠电脑是做不到的。"没错，这是一个几乎以全知全能为目标的系统，比《黑客帝国》里的Matrix更为强大，因为后者只不过是再现罢了，而前者需要预知。"你说的这是拉普拉斯妖。"

"拉普拉斯妖，麦克斯韦妖，先知，随你叫什么。"徐杰的脸上无法掩饰住艳羡和神往，"所以需要加入人嘛。"

陆仁甲瞬间明白了徐杰的意思。一个集成电路里最基本的单元，只能分辨0和1，而人脑的功能就强大得多了。如果一个系统以人脑为基本单元，再以庞大的数据加以整合，也许真的可以……

“但是找什么人呢？”是啊，人的个体差异太大了，有些人被整合进系统未必能提供助力，反而会成为阻碍。

“真正的专家。”

“怎么找？”

徐杰毫不迟疑地回应：“只能一层层筛选，没别的办法。猜错的淘汰，猜对的留下，比如有人预测你会被炸弹炸死，有人猜你不会，结果你没有，猜对的人就升级了，猜错的人被淘汰。另外因为你的行动总是很难猜，猜对的人只占一小部分，所以你也升级了，被标记为更高级的测试对象。

“总是能预测对的设计师，比如我，就会一步步升级。总是很难预测的测试员，比如你，也会一步步升级。更好的设计师，就能预测更好的测试员。更好的测试员，就需要更好的设计师才能预测。”

徐杰这段绕口令一样的话，让陆仁甲回味了一会儿。差不多就在此时，久奏闷雷的乌云酝酿成了雨水。徐杰朝前抬腕伸出掌心，动作舒缓悠然，明确无误地告诉持枪的陆仁甲，他只是在感受雨滴。

“气象局说降水概率60%，如果他们用游戏的选拔体制，那么这一次就有四成的人淘汰了。”徐杰的话语平静有力，与在公司里每次为失误唯唯诺诺辩护时判若两人，“如果一步步优中选优，最后就能选出最好的设计师，就是能经受所有测试员考验，预测任何事的人。”

陆仁甲思忖了片刻，说：“或者最后，就能选拔出最好的测试员，能打败所有设计师，没法被预测的人。”

这提法是个挑战，徐杰的笑容褪去了，但还是故作大度地说：“毕竟你一直被当作一个……不错的测试员，你也可以假定游戏有这个目的。”

“为什么只是假定有这个目的？按你的说法，‘设计师’和‘测试员’，如果我没理解错，这场游戏是同时在选拔这两种人。”

陆仁甲的理解力确实值得称道，对此徐杰从来没低估过，他的情绪激昂起来，挥动着双手靠过去，好像因一个显而易见的事实被陆仁甲忽略而不满。

“这还用问吗？ Reggie！想想哲学老三问！‘我们是谁？’‘我们从哪里来？’‘我们会到哪里去？’其实真正有影响的问题只有一个——”

为了强调，徐杰以右手食指重重地挥出了那个“一”的手势。

他挥得如此用力，如此近，以致把指向自己的枪口隔到了手臂外侧。在陆仁甲还没反应过来的刹那间，徐杰已经一把抓住了陆仁甲握枪的右手，同时跨步伸腿，以一个柔道中的大外刈动作，用自己的右腿把陆仁甲的右小腿勾弯了。

陆仁甲仰面倒地。

而手枪已然落到了徐杰的手里。

徐杰动作流畅地以膝盖压住陆仁甲的前胸，让他无法挣扎起身，用刚夺到的手枪指着对方的头，狞笑着继续说刚才没说完的话：“‘我们会到哪里去？’游戏就是为了找到这个答案。设计师才是最终成品，测试员不过是过程里的工具。”

倒在地上的陆仁甲因为胸部被压而呼吸困难，却仍然倔强地还嘴：“这是谁告诉你的？游戏说明书吗？”

徐杰愣了一愣：“这是唯一合乎逻辑的推理，你的智商不会不明白吧？”

“没有说明书对不对？也没有人对你说过游戏的目的。”陆仁甲观察着徐杰的表情，从那里他第一次没有读到镇定，“我猜对了。这算是会猜吗？要是我当设计师，能当几级？”

陆仁甲微笑了起来。而徐杰的脸色更加难看，他揪住陆仁甲的领子把他的上半身拽起来，用枪顶着他的下巴，恶狠狠地说：

“别把无知当性格！游戏比你能想象的古老得多，范围也比你想象的广得多，有几百万人在玩，还有多得多的人不自觉地在玩，有文字记载以来就有了游戏，一直延续到现在，如果不是为了预测人类的未来，那会是为了什么？”

“你不相信自由意志？”

“也许它不是假的，但我更相信……”

“命运。”陆仁甲替他说了。

“你可以用这个词。”

一刹那间，徐杰这种“准许”的傲慢姿态让陆仁甲热血往脑门上涌：“你是说我遇到的所有事，都服从于你算好的命运？”

“当然！停电后你会好奇地去黑5W的系统，你拿到五十万后不会去花它……”

“包括我驾车撞到人，遇到抢匪，我开枪打死了人，这些都不是我自己控制的？”

“你只是以为自己能控制，”愉悦的微笑又挂在了徐杰脸上，“以为自己很自由，可以随心所欲地做出决策。其实一切都能预测，都能安排。”

陆仁甲在思索：“我会开车去幼儿园是你们能预测的？”

“从你的脾气来看，这一点也不难猜。”

“那个小女孩的车祸呢？也是你们安排的？”陆仁甲像是已经知道了答案似的，恶狠狠地瞪视徐杰。

徐杰耸耸肩：“我不知道具体的，反正不会比北京奥运开幕式难，也许用一个涂了激素的小球就行了……”随后他注意到陆仁甲的表情，“而且说到底，你确实亲眼看到轮子底下轧了人吗？”

“可是警察来了……”

“你怎么知道他们是真的警察？给你看警察证了吗？”

在陆仁甲陷入回忆时，徐杰继续说下去。

“除了那个背着牌子的收破烂老头，还有起码五个和他一样的人待命，你早晚会看到那个 When，然后我猜到你就会找个地方写时间。而以你当时的急躁和好奇，肯定会写一个就近的时间。”

“抢劫的是你们的人？”

“我不知道，但要我猜的话，不是。”徐杰诚恳地想了想，“这可能牵涉到了别人的游戏，会费一点事。不过这世上每天都有人计划抢银行，提供点便利、做点引导并不难。”

“所以，那些人都是你害死的。”陆仁甲没有再提问。

“严格来说是你和我一起，还有一个团队的帮忙。但你要是非要这样说，也可以。”

“你为什么要这么做？”面对黑洞洞的枪口，陆仁甲的脸色前所未有地平静。

“当然是为了升级。”

“升级又是为什么？”

徐杰像是听到了世上最好笑的问题：“你怎么不去问问那些每天和你一起堵在高架上的人是为什么？为什么要找个好工作挣钱？因为要买房子结婚。为什么要买房子结婚？因为要生孩子。为什么要生孩子，还把孩子送进好小学好中学好大学？为了要他找个好工作挣钱。问他们为什么要这样周而复始，他们没有一个人知道。”徐杰越来越凑近陆仁甲耳边，语气如靡菲斯特，而内容无可辩驳，“我想升级，是因为我想找到答案。”

“你为了这个就让无辜的人死……”

徐杰笑了起来，像在看一个进了米其林餐厅还在乎纸巾算不算钱的土包子。“这个星球上，每一秒钟都有两个人死。不管是怎么死的，这个数字都一样。没有游戏，又会降到多少？1.99？1.98？可你知道游戏有多伟大？你知道我为了升级做了多大的努力？”

徐杰的眼睛变得朦胧起来，像是在回忆一场可怕而迷人的梦：“我写了足足十万零八百字的一个How，这都不算什么。你根本猜不到我赢过了多少人。那些小说家、编剧，都是第一批就被淘汰的庸才！因为他们开化太晚，无可救药。我不一样，从小时候开始，我就猜测，在李雷的领子里放一条鼻涕虫他会不会吓哭，在韩梅梅的嘴上亲一下她会不会告诉家长……我总是猜对，一路猜对，才认识了游戏，跟真正的高手一较短长。

“本来一切都很顺利，关于你的一切我都猜对了！我预测到了你会监控锦江乐园，预测到了你在劫案现场会拔枪还击！”徐杰的表情让人觉得他的画风随着话锋一起转变了，“但你他妈的为什么没有去周致淑家里？！”

“他去了。”

第三个人的声音突然冒出来，徐杰像受惊的野兽一样猛然转身，看见穿着帽衫的周致淑从停着的一辆福特蒙迪欧背后探出上半身。

“不过是在读完了你的‘预测’以后。”姗姗来迟的雷声好像回音，更显得周致淑的话其力万钧。她的手里握着一只手机，如果凑近看，能发现它正在录音。

这婊子一直躲在这儿。他们算计我！

徐杰当即做出了他能做出的最快反应——举枪就朝周致淑扣下了扳机。

18 天气预报

徐杰练过射击，胆大心细，在匆忙中也不会手抖，而那女人还傻愣愣的没有蹲下身躲回车后去。把她毙了，拿到手机删了数据，再干掉陆仁甲，也许可以安排成他们火并身死，即便有可能降级，至少不会被警察抓去——短短 0.5 秒钟，徐杰就想到了这么多东西。他能爬到如今的级别，不是没有道理的。

然而枪没响。

代之而来的是另一道闪电。

“枪没子弹。Game over，你输了。”陆仁甲声音不大，但沉稳有力。

回应他的是左颧骨的一阵剧痛。就着惊雷，徐杰用空枪的枪管猛力一挥，把本已半抬起身的陆仁甲实沉沉地又打倒在地上。

随即他立刻转身向周致淑追去。

两人之间隔着汽车，而周致淑的反应速度也很快，她一手把手机塞进兜里，一手弯腰捡起了一根斜靠在轮胎上的金属球棒——这是她和陆仁甲商量好带着防身的——徐杰一旦从车头绕过来，她就打算给他的太阳穴狠狠来一记。

但徐杰一跃跳上了车前盖，在周致淑握紧球棒之前就一脚踢在了她的手腕上。

一声惊呼，球棒远远地飞了出去。

周致淑转身就跑，徐杰跳下车猛追。

她很聪明地穿了一双跑鞋，但女人的步幅毕竟太小，才跑出七八步，徐杰就抓到了她的帽衫下摆。

徐杰停下脚，想把她拽停，而周致淑又一次展现了急智，缩肩一挣，把帽衫褪了下来！徐杰只空抓到一件衣服，而周致淑像弹球一样向前继续冲去。

球棒就在前方三米的空地上打转。

但是徐杰没有让她跑出三米。

他停步后没有再次追赶，而是第一时间直接箭步伸臂，把手里的帽衫朝着周致淑的脚横扫过去，这让她的双脚拌蒜，脸朝下如一块骨牌般倒了下去。

帽衫兜里的手机也飞到了路面上。

徐杰头脑清醒地认准目标：首先是人，然后才是手机。

他迅速但毫不慌乱地走向了球棒。周致淑摔得不轻，还在地上挣不起身。他有充足的时间拿到球棒。不需要本垒打，一记“安打”足矣。

徐杰捡起球棒，转过了身。与此同时，一道身影几乎贴着他身旁跑了过去。

是陆仁甲。

徐杰这一下真的愣住了。他完全没有想到，陆仁甲能那么快就爬起身，更没有想到的是，这家伙根本不理会倒地的周致淑，甚至也没有袭击自己，而是直接跑过自己身边，这是吓昏了吗？

不对啊，如果要逃跑，朝反方向不是更好吗？

直到亲眼看到陆仁甲猫腰一把抄起地面上周致淑的手机，徐杰才明白过来他的动机。

他要拿走证据！

徐杰撒腿追了上去。

陆仁甲颧骨上的伤口火辣辣地刺痛，但那反而能够刺激肾上腺素飙升。真正的问题是两次倒地他都磕到了后脑的同一个地方，每跑一步的颠簸都让脑仁发疼，感觉像一罐被摇碎的果冻。

徐杰更为心焦。这里虽然偏僻，但离闹市区并不远，如果变成耐力跑，他没有把握能在引起关注之前追上陆仁甲。他可以像刚才一样扔点什么，但除了球棒，他手里已经没有别的东西，一旦一击不中，他又用什么来对付陆仁甲呢？

雨点开始变大了起来，陆仁甲距离亮着红绿灯的路口还有二十米，十五米，十米。

徐杰开始觉得自己听到了远处马路上路过的车辆传来的引擎声。

此时，毫无征兆地，一个黑影从陆仁甲身前窜了过去。陆仁甲被它吓得瞬间停下脚步，等他看清那不过是一只黑猫，徐杰已经一脚踹在他的背上。

陆仁甲朝前摔了下去，为了把周致淑的手机握紧举高，他的右肘着了地，疼得大叫了一声。

忍一忍，我来帮你解脱。

徐杰没有浪费任何时间，高高举起球棒，迫近他的猎物。

陆仁甲还想再次站起来，但身后的危险让他本能地翻过身，徒劳地用手遮挡在自己面前，此时他忘了要保护周致淑的手机，忘了里面的录音有多重要，等他意识到自己可以用它来扔向徐杰，也许能创造出一线生机时，他几乎立刻就这么做了。

但是，手肘的剧痛阻止了他做出任何类似投掷的动作。

我就要死在这里了。有没有人预测到——比徐杰更高级别的什么人?

一道白光闪过，陆仁甲心想原来那些文艺作品里的描述都是真的，死前的白光是真实存在的，走马灯般的回顾时间是真实存在的——如果不是徐杰黑乎乎的身影在一颤之后，双膝一软，朝着他倒了下来，他也许真会这么以为。

陆仁甲勉强侧了侧身，才没有让徐杰的脸和自己的撞上，但一股烤肉的焦味还是冲进了鼻腔，和随后头顶上响起的雷声一起，告诉了他白光的真面目——闪电。

击中了举着金属球棒的徐杰的闪电。

救了陆仁甲的闪电。

陆仁甲连滚带爬从徐杰身下挣扎出来，仿佛怕沾染上闪电的余威，或是某种毒。

而另一边，一瘸一拐的周致淑也终于赶过来。她的脸上流着血，但看到男友没事，仍然露出了陆仁甲见过的最真诚的笑容。

“也许还能抢救一下，你觉得呢？”

徐杰的身上没有太严重的烧伤，眼珠没有爆裂蒸发，衣服没有烧成碎片，他的手表倒是停了，陆仁甲瞄了一眼表盘，指针永远停在了这个时间：一点十六分，三十八秒。

希望这就是一切结束的时间。

“还是算了吧。”陆仁甲疲惫地说。

周致淑看来也无异议。她朝陆仁甲伸出手，陆仁甲呆呆地把手机递过去，随即才发现她只是想把坐在地上的自己拉起来。

陆仁甲抱歉地笑了笑，收回握着手机的右手，朝周致淑伸出左手，然后他偶然瞥见了自己写在手掌上的两串数字：

070915

011638

于是，2015年7月9日凌晨1：17：04，歇浦路的非机动车道上，陆仁甲坐在地上站不起来，浑身发软力气全无，就像也遭到了一次雷击。

19 关机

⋆ 某年某月某日某个星期天

“噼里啪啦”。

这不是爆竹，而是陆仁甲坐在新买的宜家书桌后面，在新买的青轴键盘上打字。

在这个座位上，一抬头，他就能看到劫后余生、被爆炸刮破了披风的蝙蝠侠手办，和大小形状都很熟悉、却从加菲猫换成了史努比的新马克杯，一扭头，他就能看到瓶盖是雏菊形状的香水，和没来得及放进脏衣篮的蕾丝打底衫。

他的公寓损坏并不严重，房东也愿意继续租给他。但在周致淑的力主下，他还是搬到了这里，和她一起住。

有关徐杰的死亡，警方结束询问，是在事发当天，效率极高，或者说草草了事。

陆仁甲把包含了徐杰关于“黑盒子”、测试员等等自白的录音交给了他们，但之后，没有任何人给他任何回音。

街上的枪击被定义为正当防卫。有好事者拍的片段视频还在网上疯传了一阵，好在拍摄距离太远又不是高清，陆仁甲才没有一上街就被人认出是网红“神枪哥”。

他的身上确实背了一条交通肇事的人命，但不是醉驾也没有危险驾驶，事后的监控录像也证明是孩子突然（跟着宠物狗）冲向了他的车，所以没被拘留，保险公司承担了赔款的责任。

2015年7月9日，陆仁甲没有向任何人提起这个日子的特殊，也没有告诉任何人徐杰的手表调得有多准。

因为他不知道多少人会懂，也不知道懂的人会给他带来什么。

当他在网吧往手心写下那两串数字时，在他目力所及的世界里，一定有过一个单词“When”被看漏了。但那不重要了，他不想知道。

他开始相信好奇心是一种病，得治。

所以他在第一次有机会接触到水龙头时，就赶快默默地洗掉了手上的字。

“叮”。

“亲爱的，有短信找你。”

“好的，我马上来。”

周致淑的手机搁在书桌一角充电，像一个自以为难猜心事的高中女生，脆弱，透明。

但陆仁甲一点也没有兴趣去破解锁屏的密码，看一看那刚进来的消息，会不会是一个以 W 开头的词。

2016 年 2 月 22 日四点零五分
上海家中
夜 ×
认为自己写完了《玩家》
忍着腰酸背痛

所有人问所有人

潘协峰（Andy）的妻子问：

最近我老公的公司状况频发，有个员工被警察调查，还被雷劈死了，有人说他办公室风水有问题，他会不会有事？

作者答：

A 没事，只要另外一个员工不来烦他

B 他会被提升

C 放心吧，除了早就不用的账号被人盗了之外没啥要紧

D 提醒他游戏别玩得太多影响工作

邹旭东问大黄：

枪从哪儿来的？

大黄答：

A 从复员的大表哥那儿偷的

B 不知道，“人渣陆”（死的那个）弄来的

C 网上订的，等了好几个月了，前天刚到的货

D 我要个律师

水管工徐春百发短信问神秘人：

要我做的我都做了，摩天轮我也去了，打电话给你们一直没人接，你们到底讲不讲信用？

神秘人答：

A 放心，照片和视频都已经删了

B 你要再帮我做一件事，最后一件

C 回复 TD 退订

D 不讲

王珍妮问周致淑：Reggie 厉不厉害？

周致淑答：

A 一流，我见过最棒的

B 有时好有时坏，猜不到

C 他还有的学呢

D 哪方面?

记者问程铭道:

您那天是因为什么事起的冲突呢?

程铭道答:

A 过去的事儿就不要再提了

B 完全莫名其妙,那帮人突然过来对我朋友动手动脚,这我哪能忍

C 还能有什么事儿? 就是都喝多了

D 说真的,其实不是我动的手

兽医马大夫问谭妙旗:

这狗才 4 岁啊,你真的要做安乐死?

谭妙旗:

A 嗯

回答

那些没有太匆忙读完这篇小说的人，可能已经猜到了：标准答案并不存在。在之前的那些问题里，不管选择ABCD，都不会有什么得分上的差异。

因为它们只是代表了你们——读者对于作品世界中“事实”的一种解读，作者或者任何人是无权对其评判对错的。

这一认识是我艺术观的基础之一。

一个创作者在做完了自己的分内事之后，作品并没有被真正“完成”。接下来将轮到受众通过自己的欣赏赋予它生命或者死亡，如同母亲之外的人对于孩子的人格形成施加影响。我认为这适用于装置艺术，也适用于小说。

除此之外，标准答案并不存在的另一个理由，是我为什么要写这篇小说。

除了前面的问题，一些读过这篇小说的人还问过我这样的问题：是谁在陆仁甲家里装上炸弹的呀？谁在他的包里放了钱啊？马路上又是谁导致了小女孩被车撞到的呀？ Andy在星期天打电话到陆仁甲家里是不是想救他啊？甚至是谁扎爆了陆仁甲的车胎……诸如此类。

如果我在小说里一一回答了这些问题，让所有人都满意，挑不出毛病，就好像是写了一部“逻辑严密”的推理小说。而这并非我试图去做的。对推理小说我并无轻视之意，相反还喜欢其中的许多作品，但在写小说时，我最不喜欢的一句台词便是来自于推理作品《名侦探柯南》里的：真相只有一个。

因为我是一个在对伟大作品的不同结局的幻想中长大的孩子。诸葛亮如果禳星成功了没有死，小美人鱼如果能够书写人类的文字，妖怪中的任何一个抓住唐僧先行吃了，卢俊义不作推辞就代宋江做了大哥……会怎样？这些想法始终存在于我的脑瓜里。伟大的作品在阅读时固然妙趣横生，但读完后的这些想象，跳出白纸黑字的“标准答案”的乐趣，是不可替代的。

年齿渐长，我成了一个可能性的崇拜者。在卡夫卡、马尔克斯、博尔赫斯、布尔加科夫等人的作品中，我领略了小说家如何通过技艺，在作品中为读者保留了尽可能多的可能性。而即便没有他们，村上春树和黑泽明也会完成该有的启蒙：小说不是一场冒险的叙述，而是一场叙述的冒险。

谁装了炸弹？谁扎了车胎？谁直接害死了小女孩？答案是路人甲、路人乙、路人丙……对一个掌管这一游戏的组织来说，又有什么区别和关系？至于每一个版本的答案中他们是怎么做到的，通过一堆细致的描写来写出可信度，我想我也已经证明了这并非难事。至于Andy的网名可能根本不叫chenorma，摁门铃的警察可能身负任务，医院里陆仁甲用的药物里可能加了不必要的东西……所有这些，写或者不写，只是取决于一个问题：有没有必要？

在《银河系漫游指南》中，道格拉斯·亚当斯创造的超级电脑算出了"生命、宇宙以及任何事情的终极答案"，答案是42。我想这是对"标准答案"一事的绝妙嘲讽。在《玩家》这部小说中，有一个寻求着类似答案的机构，在充当着……"反派"（如果把陆仁甲看作主人公的话）。既然它们是反派了，那么这部小说本身又如何能与之同流合污呢？

所以作者夜 × 的答案是：没有必要。作为一名小说作者，即使身陷无法挣脱的宿命中，他也会对维护可能性表现出无条件的热爱，甚至把这当作一种政治正确。

这是完全可以预测的。

ONE book

监　　制：韩　寒
策 划 人：戚开源　小　饭
出版统筹：戚开源　朱华怡
编　　辑：朱　琳　朱双南
特约编辑：金子棋
策划推广：李靓雯　金怡玉玲　纪文超
特约发行：王　鑫
特约印制：张春笛
封面设计：许晋维
版式设计：欧阳颖

官方网站：wufazhuce.com
官方微博：@一个 App 工作室　@一个图书　@亭林镇工作室

图书在版编目（CIP）数据

玩家 / 夜 × 著 . — 成都：四川文艺出版社，
2017.4

ISBN 978-7-5411-4616-9

Ⅰ . ①玩… Ⅱ . ①夜… Ⅲ . ①长篇小说－中国－当代
Ⅳ . ① I247.5

中国版本图书馆 CIP 数据核字（2017）第 063011 号

WAN JIA

玩家

夜×　作品

责任编辑　李国亮　奉学勤
装帧设计　许晋维
出版发行　四川文艺出版社（成都市槐树街 2 号）
网　　址　www.scwys.com
电　　话　028-86259287（发行部）　028-86259303（编辑部）
传　　真　028-86259306

邮购地址　成都市槐树街 2 号四川文艺出版社邮购部　610031
印　　刷　北京鹏润伟业印刷有限公司
成品尺寸　145mm × 210mm　1/32
印　　张　8.25　　字　　数　180 千
版　　次　2017 年 5 月第一版　　印　　次　2017 年 5 月第一次印刷
书　　号　ISBN 978-7-5411-4616-9
定　　价　39.00 元